P. G. Wodehouse

Geschichten von Jeeves und Wooster

Deutsch von Fred Schmitz

Rowohlt

Veröffentlicht im Rowohlt Taschenbuch
Verlag GmbH, Reinbek bei Hamburg, Juli 1996
Die Erzählungen der vorliegenden Ausgabe
wurden dem Band «Der unvergleichbare Jeeves»
entnommen
Copyright © 1995 by Rowohlt Taschenbuch
Verlag GmbH, Reinbek bei Hamburg
Die Originalausgabe erschien zuerst 1923 bei
Herbert Jenkins Limited, London
«The Inimitable Jeeves» erschien 1973 bei
Barrie & Jenkins Limited, London
«The Inimitable Jeeves» Copyright by
the Trustees of the Wodehouse Estate
Umschlaggestaltung Beate Becker/
Gabriele Tischler (Foto: Vox)
Satz Sabon (Linotronic 500)
Gesamtherstellung Clausen & Bosse, Leck
Printed in Germany
200-ISBN 3 499 22100-4

Der Stolz der Woosters
wird verletzt

Wenn es etwas gibt, was ich schätze, dann ist das ein ruhiges Leben. Ich gehöre nicht zu denen, die nervös und niedergeschlagen sind, wenn nicht fortwährend etwas passiert. Für mich kann es gar nicht friedlich genug zugehen. Regelmäßige Mahlzeiten, dann und wann eine gute Show mit anständiger Musik und ein oder zwei Kumpel, mit denen ich herumziehen kann, mehr brauche ich nicht.

Deshalb empfand ich den Tiefschlag, der mich traf, als besonders bösartig. Als ich aus Roville zurückgekehrt war, hatte ich das Gefühl, daß mich von jetzt an nichts mehr aus der Fassung bringen konnte. Tante Agatha, dachte ich mir, wird mindestens ein Jahr brauchen, um sich von der Hemmingway-Affäre zu erholen, und außer Tante Agatha gibt es wirklich keinen Menschen, der die Macht hätte, mich besonders zu schikanieren. Für mich hatte es den Anschein, als wären alle Himmel blau, sozusagen, und keine Wölkchen in Sicht.

Weit gefehlt … Also, jetzt erzähle ich Ihnen, was geschehen ist, und dann frage ich Sie, ob das nicht genügt, um einen Menschen von Grund auf zu erschüttern.

Einmal im Jahr nimmt sich Jeeves ein paar Wochen Urlaub und zischt ab zum Meer oder sonstwohin, um seine Zellen zu erfrischen. Für mich ist das natürlich eine ziemlich miserable Sache, solange er fort ist. Aber es muß ausgestanden werden, und so stehe ich es also aus, und ich muß gestehen, daß er mir für die Zeit seiner Abwesenheit im allgemeinen eine ganz passable Aushilfe besorgt.

Nun war es wieder einmal soweit, und Jeeves gab seinem Double in der Küche ein paar Ratschläge hinsichtlich der anfallenden Pflichten. Zufällig brauchte ich da gerade eine Briefmarke oder so was Ähnliches, und ich schlenzte den Gang hinunter, um ihn darum zu bitten. Der dämliche Kerl hatte die Küchentür offen gelassen, und ich war noch keine zwei Schritte gegangen, als mir seine Stimme genau ins Trommelfell drang.

«Du wirst sehen», erklärte er seinem Ersatzmann, «daß Mr. Wooster ein äußerst angenehmer und freundlicher junger Herr ist.

Intelligent ist er nicht. Absolut nicht. Seine geistigen Gaben kann man getrost vergessen.»

Wie bitte? Also, erlauben Sie mal! Was?

Ich vermute, strenggenommen hätte ich eigentlich sofort eingreifen müssen, um den Kerl energisch zusammenzustauchen. Aber ich zweifle, ob es überhaupt menschenmöglich ist, Jeeves zusammenzustauchen. Ich persönlich versuchte es gar nicht erst. Ich rief nur mit markiger Stimme nach meinem Hut und Stock und machte, daß ich fortkam. Aber es nagte an mir, wenn Sie wissen, was ich meine. Wir Woosters vergessen nicht so schnell. Nun ja, ein paar Sachen schon – Verabredungen, Geburtstage, Briefe einzuwerfen und so weiter. Aber nicht so eine kolossale Beleidigung wie die obige. Das ging mir im Kopf herum wie ein Ohrwurm.

Es ging mir immer noch im Kopf herum, als ich in Bucks Austernbar einfiel, um eine kleine Stärkung in flüssiger Form zu mir zu nehmen. Gerade in diesem Augenblick hatte ich so eine Stärkung dringend nötig, denn ich war auf dem Weg zum Lunch mit Tante Agatha. Eine ziemlich fatale Heimsuchung, ob Sie's glauben oder nicht, obwohl ich nach allem, was in Roville geschehen war, damit rechnen konnte, sie in milder und freundlicher Stimmung anzutreffen. Ich hatte mir gerade einen Schnellen und einen weiteren, etwas Langsameren, einverleibt und fühlte mich so gerüstet, wie es mir unter den Umständen möglich war, als mich eine gedämpfte Stimme aus nordöstlicher Richtung grüßte. Ich drehte mich um und sah in einer Ecke Jung-Bingo, der sich durch einen ansehnlichen Brocken Brot mit Käse fräste.

«Glückauf», sagte ich. «Hab dich ewig lang nicht gesehen. Du warst länger nicht mehr hier, oder?»

«Nein. Habe mich aufs Land verzogen.»

«Was?» sagte ich, denn Bingos tiefe Abneigung gegen das Landleben war allseits bekannt. «Wo denn?»

«In Hampshire. Ort namens Ditteredge.»

«Ach wirklich? Ich kenne Leute, die haben da ein Haus. Die Glossops. Kennst du die?»

«Ja. Ich wohne bei ihnen», sagte Jung-Bingo. «Ich bin Hauslehrer für das Kind der Glossops.»

«Weswegen denn?» fragte ich. Ich konnte mir Bingo nicht als Hauslehrer vorstellen. Er hat allerdings eine Art akademischen Grad aus Oxford, und wie man sagt, soll es ja immer möglich sein, einige Leute für einige Zeit zu täuschen.

«Weswegen? Wegen Geld natürlich. Ein todsicherer Sieger setzte sich im zweiten Rennen im Haydock Park auf den Hintern», sagte Jung-Bingo voller Bitterkeit, «und auf den hatte ich das Taschengeld eines Monats verwettet. Ich hatte nicht den Nerv, meinen Onkel noch mal anzuhauen, also machte ich die Runde bei den Agenturen und suchte mir einen Job. Ich war jetzt drei Wochen da unten.»

«Ich kenne das Glossop-Kind gar nicht.»

«Dein Glück», sagte Bingo kurz.

«Eigentlich kenne ich nur ein Mitglied der Familie richtig, ein Mädchen.» Kaum hatte ich diese Worte ausgesprochen, als eine sonderbare Verwandlung über Jung-Bingo kam. Seine Augen traten aus den Höhlen, seine Wangen röteten sich, und sein Adamsapfel hüpfte auf und nieder wie ein tanzender Gummiball auf dem Wasserstrahl in einem Schießstand.

«O Bertie!» sagte er mit erstickter Stimme.

Ich sah den armen Kerl beunruhigt an. Ich wußte ja, daß er sich dauernd in jemanden verliebte, aber nicht einmal er, dachte ich, könnte sich in Honoria Glossop verlieben. Für mich war dieses Mädchen mehr oder weniger ein Becher Blausäure. Eines dieser verflixt hochgewachsenen, superschlauen, anstrengenden, dynamischen Mädels, die man heutzutage so häufig sieht. In Girton hatte sie nicht nur ihr Gehirn in furchterregender Weise vergrößert, sondern auch noch jede Sportart mitgemacht und eine Physis entwickelt wie ein Mittelgewichts-Ringer der Catch-as-catch-can-Sparte. Ich bin mir nicht sicher, ob sie nicht auch für die Schulmannschaft geboxt hat. Wann immer sie auftrat, löste sie in mir jedesmal den heftigen Wunsch aus, schnellstens in den Keller zu huschen und dort bäuchlings zu verharren, bis die Sirenen Entwarnung heulten.

Dennoch war Bingo augenscheinlich bis über beide Ohren in sie verliebt, da gab es keinen Zweifel. In den Augen dieses armen Irren glomm das Feuer der Liebe.

«Ich verehre sie, Bertie! Ich verehre den Boden unter ihren Füßen!» fuhr der Patient mit lauter, durchdringender Stimme fort. Fred Thompson und ein oder zwei Jungs waren hereingekommen, und McGarry, der Barkeeper, lauschte mit schlackernden Ohren. Doch Bingo ist jede Zurückhaltung fremd. Er erinnert mich immer an den Helden in einem Musical, der die Mitte der Bühne besetzt hält und all die anderen Knaben rings um sich herum versammelt, um ihnen lauthals seine Liebe kundzutun.

«Hast du ihr das schon gesagt?»

«Nein, dazu fehlte mir der Mut. Aber abends gehen wir oft im Garten spazieren, und manchmal kommt es mir vor, als wäre da so ein Blick in ihren Augen.»

«Den Blick kenne ich. Den Blick eines Kompanie-Feldwebels.»

«Aber nicht doch. Den Blick einer zärtlichen Göttin.»

«Moment mal, altes Haus», sagte ich. «Bist du sicher, daß wir dasselbe Mädchen meinen? Ich spreche von Honoria. Hat sie vielleicht eine jüngere Schwester oder so, die ich noch nicht kenne?»

«Ihr Name ist Honoria», tönte Bingo ehrfurchtsvoll.

«Und sie kommt dir vor wie eine zärtliche Göttin?»

«Jawohl!»

«Gott schütze dich!» sagte ich.

«Wie klare Nacht durch Sternenhimmel zieht sie, schön und rein, des Dunkels und des Lichtes Seele strahlt in ihrer Augen Schein.

Noch mal eine Portion Brot und Käse», sagte er dem Knaben hinter der Bar.

«Du sammelst Kräfte, was?» sagte ich.

«Das ist mein Lunch. Ich treffe mich mit Oswald im Waterloo-Bahnhof, um mit ihm zurückzufahren. Er mußte hier in der Stadt zum Zahnarzt.»

«Oswald? Ist das der Junge?»

«Ja. Eine Pestbeule ersten Ranges.»

«Pestbeule! Da fällt mir ein, ich hab ja eine Verabredung mit Tante Agatha. Muß die Kurve kratzen, sonst komme ich zu spät.»

Seit der kleinen Affäre mit den Perlen hatte ich Tante Agatha nicht wiedergesehen. Natürlich erwartete ich kein Feuerwerk der Konversation in ihrer Gesellschaft, doch immerhin durfte ich darauf vertrauen, daß ein Thema mit Sicherheit nicht zur Sprache kommen würde, nämlich das meiner zukünftigen Ehe. Ich meine, nachdem sich Tante Agatha so einen Schnitzer wie in Roville geleistet hatte, sollte man doch annehmen, daß sie zumindest eine angemessene Schamfrist von ein oder zwei Monaten einhalten würde.

Aber Frauen können einen vollkommen verblüffen, zumindest, was ihre Unverfrorenheit angeht. Sie werden es nicht für möglich halten, aber schon beim Fisch schlug sie in dieselbe Kerbe. Mein heiliges Ehrenwort, sie fing schon beim Fisch damit an. Wir hatten kaum ein Wörtchen über die Wetterlage gewechselt, als sie zum Schlag ausholte, ohne rot zu werden.

«Bertie», sagte sie. «Ich habe über dich nachgedacht und darüber, wie dringend notwendig es ist, daß du endlich heiratest. Ich muß zugeben, ich habe mich in dieser fürchterlichen Heuchlerin in Roville schrecklich getäuscht, aber dieses Mal ist jede Gefahr gebannt. Durch einen Glücksfall habe ich genau die richtige Frau für dich entdeckt. Ich habe sie erst unlängst getroffen, und ihre Familie ist über jeden Verdacht erhaben. Sie hat auch viel Geld, was in deinem Falle allerdings ganz unwichtig ist. Der springende Punkt ist, daß sie stark, vernünftig und voller Selbstvertrauen ist; ein gutes Gegengewicht gegen deine Schwächen und Unzulänglichkeiten. Sie kennt dich übrigens. Natürlich gibt es einiges an dir, was ihr mißfällt, aber du bist ihr nicht unsympathisch. Ich muß es wissen, ich habe ihr nämlich auf den Zahn gefühlt, unauffällig selbstverständlich, und ich bin ganz sicher, du brauchst jetzt nur den ersten Schritt zu tun ...»

«Von wem sprichst du?» Ich hätte das

schon längst gefragt, aber infolge meines Er-
schreckens war ein Bissen von dem Brötchen
in den falschen Kanal gerutscht, und nachdem ich zunächst blau angelaufen war und
dann wieder etwas Atem in die gute alte Luft-
röhre bekam, konnte ich mich erst jetzt
äußern. «Wer ist sie?»

«Sir Roderick Glossops Tochter Honoria.»

«Nein, nein!» rief ich aus und erbleichte
unter meiner Sonnenbräune.

«Sei nicht albern, Bertie. Sie ist genau die
richtige Frau für dich.»

«Ja, aber hör mal ...»

«Sie wird dich formen.»

«Ich will aber nicht geformt werden.»

Tante Agatha blickte mich an, wie sie mich
stets angeblickt hatte, wenn ich als kleiner
Junge in ihrem Marmeladenschrank erwischt worden war. «Bertie! Ich hoffe, du
bereitest mir keinen Verdruß.»

«Aber, ich meine ...»

«Lady Glossop hat dich freundlicherweise
für ein paar Tage nach Ditteredge Hall eingeladen. Ich sagte ihr, du würdest mit größtem
Vergnügen morgen hinfahren.»

«Es tut mir leid, aber gerade morgen habe
ich eine verdammt wichtige Verabredung.»

14

«Was für eine Verabredung?»

«Also ... da ...»

«Du hast keine Verabredung. Selbst wenn du eine hättest, müßtest du sie verschieben. Ich werde sehr ärgerlich sein, Bertie, wenn du morgen nicht nach Ditteredge Hall fährst!»

«Na schön, horrido!» sagte ich.

Keine zwei Minuten nachdem ich mich von Tante Agatha getrennt hatte erwachte der alte Kampfgeist der Woosters mit aller Macht. Wie grausig die Gefahr auch sein mochte, der ich ins Auge sah, erfüllte mich eine seltsame Art von Heiterkeit. Ich saß da in einer bösen Klemme, doch je böser die Klemme, um so triumphaler, dachte ich, würde der Sieg über Jeeves ausfallen, wenn ich mich ohne die geringste Hilfe von seiner Seite daraus befreien könnte. Normalerweise hätte ich natürlich seinen Rat gesucht und darauf vertraut, daß er eine Lösung fände. Doch nach allem, was ich ihn in der Küche über mich hatte sagen hören, sollte mich der Teufel holen, wenn ich mich noch derart erniedrigte. Zu Hause angekommen, sprach ich den Mann ganz ungezwungen an.

«Jeeves», sagte ich, «ich habe da einige Schwierigkeiten.»

«Es tut mir leid, das zu hören, Sir.»

«Ja, ziemlich üble Sache. Man könnte tatsächlich sagen: am Rande des Abgrunds, Auge in Auge mit dräuendem Unheil.»

«Wenn ich Ihnen behilflich sein könnte, Sir ...»

«O nein. Keineswegs. Vielen Dank, aber mitnichten. Ich will Sie nicht damit behelligen. Ich werde mich zweifellos mit eigener Kraft frei machen können.»

«Sehr wohl, Sir.»

Damit war die Sache erledigt. Ich muß ja sagen, ein bißchen mehr Neugier von dem Burschen hätte ich begrüßenswert gefunden. Aber so ist Jeeves eben. Verbirgt seine Gefühle, wenn Sie wissen, was ich meine.

Honoria war nicht da, als ich am folgenden Nachmittag in Ditteredge Hall ankam. Ihre Mutter sagte mir, sie halte sich bei Nachbarn namens Braythwayt auf, komme erst am nächsten Tag und bringe die Tochter ihrer Freunde zu Besuch mit. Sie sagte, ich würde Oswald draußen auf dem Grundstück finden, und in offenbar grenzenloser Mutterliebe erzählte sie das so, als bedeute es eine großartige Wertsteigerung des Grundstücks und eine ungeheure Verlockung, dort hinzugehen.

Recht ansprechend, dieses Ditteredge.

Einige Terrassen, ein Wiesenstück mit einer Zeder darauf, ein paar Büsche und ein kleiner, aber hübscher See, über den sich eine steinerne Brücke wölbte. Ich arbeitete mich rings an den Büschen entlang und erspähte sogleich Jung-Bingo, der gegen die Brücke gelehnt eine Zigarette rauchte. Auf den Steinplatten saß angelnd so ein Bengel, der wohl die Pestbeule Oswald sein mußte.

Bingo war sowohl überrascht wie erfreut, mich zu sehen, und stellte mich dem Kleinen vor. Wenn letzterer ebenso überrascht und erfreut war, verbarg er es wie ein Diplomat alter Schule. Er schaute nur kurz auf, hob leicht die Augenbrauen und angelte weiter. Einer dieser hochnäsigen kleinen Lümmel, die einem den Eindruck vermitteln, man wäre auf die falsche Schule gegangen und außerdem paßte einem der Anzug nicht.

«Das ist Oswald», sagte Bingo.

«Was», fragte ich freundschaftlich, «könnte angenehmer sein? Wie geht's?»

«Och, ganz gut», sagte der Knabe.

«Hübsches Gärtchen, das. Wie fühlt man sich hier?»

«Och, ganz gut», sagte der Knabe.

«Wie ist der Fang?»

«Och, ganz gut», sagte der Knabe.

Jung-Bingo führte mich beiseite zu einem privaten Meinungsaustausch. «Macht sein unermüdliches kleines Plappermäulchen dich nicht langsam krank?» fragte ich.

Bingo seufzte. «Ein hartes Brot.»

«Wieso hartes Brot?»

«Ihn zu lieben.»

«Liebst du ihn?» fragte ich verwundert. «Hätte nicht gedacht, daß so was möglich ist.»

«Ich versuch's», sagte Bingo. «Um ihretwillen. Sie kommt morgen zurück, Bertie.»

«Das hab ich gehört.»

«Sie kommt! Meine Liebste, mein eigenes...»

«Famos», sagte ich. «Aber noch mal zurück zu Klein-Oswald. Mußt du den ganzen Tag bei ihm bleiben? Wie hältst du das bloß aus?»

«Ach, er macht ja nicht viel Mühe. Wenn wir nicht zusammen arbeiten, sitzt er die ganze Zeit auf der Brücke und versucht, Elritzen zu fangen.»

«Warum schubst du ihn nicht rein?»

«Reinschubsen?»

«Scheint mir doch genau das richtige», sagte ich und betrachtete den Rücken des kleinen Flegels mit konzentrierter Abneigung. «Vielleicht würde er kurzfristig aufwachen und neues Interesse an der Welt zeigen.»

Bingo schüttelte nachdenklich den Kopf.

«Dein Vorschlag ist nicht ohne Reiz», meinte er. «Aber leider ist das nicht möglich. Verstehst du, sie würde mir das nie verzeihen. Sie ist der kleinen Bestie hörig.»

«Allmächtiger!» rief ich aus. «Ich hab's!» Ich weiß nicht, ob Sie das Gefühl kennen, wenn eine Inspiration Sie überfällt und kitzelnd Ihr ganzes Rückgrat vom Kragenrand bis zur Sandalensohle hinunterfährt? Jeeves hat dieses Gefühl wahrscheinlich die ganze Zeit, mehr oder weniger, aber ich erlebe es nicht sehr häufig. Doch jetzt schien die Natur ringsum mir zuzurufen: «Triumph, Bertram, Triumph!» Ich packte Jung-Bingo so heftig am Arm, daß er vermutlich dachte, ein Pferd habe ihn gebissen. Seine feingemeißelten Züge verzerrten sich vor Schmerz, Pein und so, und er fragte mich, was zum Teufel ich im Schilde führte.

«Bingo», sagte ich, «was würde Jeeves machen?»

«Wie meinst du das, was würde Jeeves machen?»

«Ich meine, was hätte er in so einem Fall

geraten? Ich meine, weil du doch bei deiner Honoria Glossop Erfolg haben willst und alles. Also, ich werd's dir sagen, alter Knabe: Er hätte dich hinter das Gebüsch da hinten geschubst und mich dazu gebracht, daß ich Honoria irgendwie auf die Brücke locke. Weiterhin hätte er mir geraten, dem Balg zum rechten Zeitpunkt einen Tritt in den Hintern zu geben, so daß er kopfüber ins Wasser schießt. Dann hättest du reinspringen und ihn retten können. Na, was sagst du?»

«Das hast du dir doch nicht allein ausgedacht?» fragte Jung-Bingo mit ehrfürchtig gedämpfter Stimme.

«Doch. Jeeves ist nicht der einzige, der Ideen hat.»

«Aber das ist ja ganz toll!»

«War nur ein Vorschlag.»

«Der einzige Einwand, den ich habe, ist, daß du dabei in eine peinliche Lage gerätst. Ich meine, angenommen, der Junge sagt gleich, daß du ihn reingestoßen hast, dann wärst du doch bei ihr unten durch.»

«Das nehme ich in Kauf.»

Der Mann war tief bewegt.

«Bertie, das ist nobel.»

«Aber nein, ich bitte dich.»

Stumm drückte er meine Hand, und dann

gluckste er wie der letzte Wassertropfen, der
aus der Badewanne rinnt.

«Na?»

«Hab nur gerade gedacht», sagte Jung-
Bingo, «wie fürchterlich naß Klein-Oswald
sein wird. Was für ein fabelhafter Tag!»

Des Helden Lohn

Ich weiß nicht, ob Sie es auch schon bemerkt
haben, aber es ist ganz komisch, daß es auf
der Welt nichts Vollkommenes gibt. Die
Schattenseite dieses im übrigen höchst paten-
ten Unternehmens war leider, daß Jeeves
nicht vor Ort sein würde, um mich in Aktion
zu sehen. Davon einmal abgesehen, war allerdings kein Makel erkennbar. Das schöne
an der ganzen Sache war, daß nichts schiefge-
hen konnte. Sie wissen ja, wie das sonst in der
Regel ist, wenn Sie Knabe A genau in dem
Moment an Ort B haben wollen, wenn
Knabe C Ort D erreicht. Da ist immer ein
Fehlschlag möglich. Nehmen wir zum Beispiel den Fall eines Generals, der ein großes
Manöver vorbereitet; er befiehlt einem Regiment, den Hügel mit der Windmühle genau

im selben Augenblick einzunehmen, in dem ein anderes Regiment den Brückenkopf unten im Tal oder sonstwas erobert, und das Ganze ist ein einziges Fiasko. Wenn sie dann nachts im Lager noch mal über den Einsatz plaudern, sagt der Oberst des ersten Regiments: «Ach so, Sie meinten den Hügel mit der Windmühle? Tut mir leid, ich hab gedacht, Sie meinen den mit der Schafherde.» Sehen Sie, so ist das. Aber in unserem Fall konnte nichts Derartiges geschehen, denn Oswald und Bingo würden sich genau an der richtigen Stelle befinden, und ich brauchte mich nur noch darum zu kümmern, daß Honoria zum rechten Zeitpunkt gegenwärtig war. Das gelang mir auch auf Anhieb und ohne Schwierigkeiten, indem ich sie bat, einen Spaziergang mit mir über das Grundstück zu machen, weil ich ihr etwas Besonderes mitzuteilen hätte.

Kurz nach dem Lunch kam sie zusammen mit dem Braythwayt-Mädel an, einer hochgewachsenen jungen Person mit blauen Augen und blondem Haar. Ich wurde ihr vorgestellt und fand sie sofort sehr sympathisch – sie war so ganz anders als Honoria –, und hätte ich mehr Zeit gehabt, wäre ich bestimmt nicht abgeneigt gewesen, ein wenig mit ihr zu plaudern. Aber Geschäft ist Geschäft; ich hatte mit Bingo ausgemacht, daß er um Punkt drei Uhr hinter den Büschen stehen sollte, und infolgedessen sicherte ich mir Honoria und lotste sie über das Grundstück in Richtung See.

«Sie sind so still, Mr. Wooster», sagte sie.

Ich zuckte zusammen, sie hatte mich aus tiefer Konzentration gerissen. Der See war jetzt gerade in Sichtweite, und ich nahm das Gelände mit scharfem Blick in Augenschein. Alles schien wie vorgesehen. Klein-Oswald hockte auf der Brücke. Bingo war nicht zu sehen, und ich nahm an, er hätte Posten bezogen. Auf meiner Uhr war es zwei Minuten nach drei.

«Hä?» sagte ich. «Oh, ah. Ich habe gerade nachgedacht.»

«Sie sagten, Sie hätten mir etwas Besonderes mitzuteilen?»

«Absolut!» Ich hatte beschlossen, die Sache damit einzuleiten, daß ich den Boden für Jung-Bingo bereitete. Ich meine, ich wollte, ohne Namen zu nennen, ihr Bewußtsein einstimmen auf die Tatsache, daß da jemand war, wie erstaunlich das auch klingen mochte, der sie schon seit langem von ferne liebte und dieser ganze Unsinn. «Die Sache ist nämlich die», sagte ich. «Es kommt Ihnen vielleicht komisch vor, aber es gibt da jemanden, der ganz wahnsinnig in Sie verliebt ist und so weiter und so fort, ein Freund von mir, wissen Sie.»

«Ach, ein Freund von Ihnen?»

«Ja.»

Es klang, als lachte sie leise. «Und warum sagt er mir das nicht selbst?»

«Ach wissen Sie, so ist er eben. Ein schüchterner, zurückhaltender Kerl. Hat keinen Schneid. Denkt, Sie stehen so hoch über ihm, verstehen Sie? Betrachtet Sie als eine Art Göttin. Verehrt den Boden unter Ihren Füßen, hat aber einfach nicht den Mumm, es Ihnen zu sagen.»

«Das ist ja sehr interessant.»

«Ja. Auf seine Art kein übler Kerl, verstehen Sie? Vielleicht ein bißchen tölpelhaft, aber gutartig. Kurzum, so ist die Lage. Sie können es ja mal in Ihrem Herzen bewegen, was?»

«Wie komisch Sie sind!»

Sie warf den Kopf zurück und lachte lauthals. Es war ein durchdringendes Lachen, etwa wie ein Zug sich anhört, der in einen Tunnel einfährt. In meinen Ohren klang es keineswegs hochmusikalisch, und offenbar beleidigte es das Gehör des Knaben Oswald nicht zu knapp. Er starrte voller Abscheu zu uns herüber.

«Ich wünschte, ihr würdet nicht so einen Krach machen», sagte er. «Ihr verscheucht mir alle Fische.»

Das brach den Bann ein wenig. Honoria wechselte das Thema.

«Ich sehe es nicht gern, wenn Oswald so auf der Brücke sitzt», sagte sie. «Da ist er nicht sicher. Er könnte leicht hineinfallen.»

«Ich geh mal rüber und sag's ihm», schlug ich vor.

Die Entfernung zwischen mir und dem Kleinen betrug etwa fünf Meter, aber ich hatte das Gefühl, es wären eher an die hundert. Als ich nun die Distanz zurücklegte, war mir, als hätte ich ähnliches schon einmal erlebt. Ich erinnerte mich plötzlich. Vor Jahren hatten sie mich anläßlich einer Party in einem Landhaus dazu gebracht, die Rolle des Butlers in irgendeiner Amateur-Aufführung zugunsten irgendeiner dämlichen guten Sache zu übernehmen. Das Stück fing damit an, daß ich von einer oberen linken Tür aus quer über die leere Bühne laufen mußte, um ein Tablett auf einem Tisch rechts unten abzustellen. Auf den Proben hatten sie mir eingehämmert, daß ich nicht auftreten sollte wie jemand, der im Geherrennen zum Endspurt ansetzt, und das hatte zur Folge, daß ich die Bremsen übermäßig stark anzog. Damals war mir, als käme ich nie mehr bei diesem elenden Tischchen an. Die Bühne schien sich vor mir auszudehnen wie eine unwegsame Wüste, atemlose Stille senkte sich herab, als ob die ganze Natur innehielte, um sich mit all ihrer Aufmerksamkeit nur noch auf mich zu konzentrieren. Nun, genauso war mir jetzt zumute. Ich spürte ein trockenes Schlucken in der Kehle, und je weiter ich marschierte, um so weiter rückte der Junge in die Ferne, bis ich mich mit einem Mal hinter ihm befand, ohne zu wissen, wie ich dort hingelangt war.

«Hallo!» sagte ich und grinste schmierig, was jedoch an den Knaben ohnehin verschwendet war, denn er dachte gar nicht daran, sich umzudrehen und mich anzusehen. Er wackelte nur übellaunig mit dem linken Ohr. Ich weiß nicht, wann ich jemals wieder jemanden gekannt habe, in dessen Leben ich so wenig Bedeutung hatte.

«Hallo», sagte ich. «Beim Angeln?»

Ich legte meine Hand wie der freundliche ältere Bruder auf seine Schulter.

«Achtung! Passen Sie auf!» sagte der Bengel und schwankte auf seinem Unterbau.

Es war eine dieser Sachen, die man schnell macht oder gar nicht. Ich schloß die Augen und stieß. Etwas schien nachzugeben. Da gab es ein schabendes Geräusch, eine Art Heuler, einen noch unvollendeten Schrei und einen Platscher. Und so zog sich der lange Tag dahin, gewissermaßen.

Ich öffnete die Augen. Der Junge kam gerade an die Oberfläche.

«Hilfe!» brüllte ich und warf schnell einen Blick auf das Gebüsch, aus dem Jung-Bingo eigentlich hätte hervorstürzen sollen.

Doch nichts geschah. Jung-Bingo erschien nicht einmal andeutungsweise.

«Also, wirklich – Hilfe!» brüllte ich abermals.

Ich will Sie ja nicht mit Erinnerungen aus meiner Theater-Laufbahn behelligen, aber ich muß doch noch einmal auf meinen Auftritt als Butler zurückkommen. Laut Textbuch hätte nämlich, als ich das Tablett abgesetzt hatte, die Heldin auftreten müssen, um mich dann mit ein paar Worten wegzuschikken. Doch an jenem Abend war das verblendete Weib nicht auf dem Posten, und erst nach einer langen Minute hatte der Suchtrupp sie endlich aufgestöbert und auf die Bühne katapultiert. Die ganze Zeit hatte ich wartend dagestanden. Höchst unangenehmes Gefühl, glauben Sie mir. Und jetzt war es genauso, nur schlimmer. Ich verstand, was diese Dichterlinge meinen, wenn sie schreiben, die Zeit stand still.

Es sah alles danach aus, als sei der Knabe Oswald mittlerweile in seinen besten Jahren dahingerafft worden, und allmählich dämmerte mir, daß man eigentlich irgend etwas unternehmen müßte. Was ich von dem Bürschchen gesehen hatte, war nicht dazu angetan, ihn meinem Herzen näherzubringen, doch wäre es andererseits vielleicht etwas übertrieben gewesen, ihn einfach dahinscheiden zu lassen. Ich kann mich nicht erinnern, jemals etwas Schmutzigeres und Abstoßenderes gesehen zu haben als diesen See, wie er sich meinem Auge von der Brücke aus darbot, doch die Sache mußte erledigt werden. Ich warf mein Jackett ab und sprang hinein.

Es klingt verrückt, daß Wasser sehr viel nasser sein soll, wenn man mit sämtlichen Kleidern hineinspringt, als wenn man nur badet, aber glauben Sie mir, genauso ist es. Ich war nur etwa drei Sekunden unter Wasser, doch als ich auftauchte, fühlte ich mich wie einer dieser Körper, von denen es in den Zeitungen heißt: «hatte augenscheinlich schon tagelang im Wasser gelegen». Mein Bauch war eiskalt und aufgetrieben.

An dieser Stelle war im Szenario eine neue Pointe vorgesehen. Ich hatte angenommen, ich könnte gleich nach dem Auftauchen den Burschen am Schlafittchen packen und beherzt zum Ufer steuern. Aber mein Steuern hatte er nicht abgewartet. Als ich mir endlich das Wasser aus den Augen gewischt hatte und nun Zeit fand, in die Runde zu blicken, erspähte ich ihn schon zehn Meter weiter, wo er sich mächtig ins Zeug legte, und zwar, wie ich glaube, unter Anwendung des australischen Kraulstils. Das Schauspiel nahm mir jeden Mut. Ich will sagen, der wesentliche Punkt einer Rettungsaktion, wenn Sie wissen, was ich meine, ist doch, daß der zu rettende Teilnehmer sich einigermaßen ruhig verhält und an Ort und Stelle verharrt. Schwimmt er hingegen aus eigenem Antrieb plötzlich los und ist offenbar in der Lage, Ihnen bei hundert Metern noch vierzig Meter vorzugeben – wie stehen Sie dann da? Das ganze Unternehmen ist ein Fehlschlag. Es schien mir jetzt, als könnte ich nicht viel an-

29

deres tun als zum Ufer zu schwimmen. Folglich schwamm ich zum Ufer. Als ich anlandete, war der Knabe schon halbwegs zu Hause. Wie immer man die Sache auch betrachtete, es war ein Fiasko ersten Ranges.

In meiner Meditation wurde ich durch ein Geräusch unterbrochen, als donnerte der Schottland-Expreß unter der Brücke hindurch. Doch es war nur Honoria Glossop, die lachte. Sie stand neben meinem Ellbogen und sah mich sonderbar an.

«O Bertie, wie sind Sie komisch!» sagte sie, und selbst diese einfachen Worte schienen mir unheilvoll. Bis jetzt hatte sie mich nie anders als mit «Mr. Wooster» angesprochen. «Wie naß Sie sind!»

«Ja, ich bin naß.»

«Laufen Sie gleich ins Haus und ziehen Sie sich um.»

«Ja.»

Ich wrang mir an die zehn Liter Wasser aus der Hose.

«Sie sind aber wirklich komisch!» sagte sie nochmals. «Zuerst machen Sie mir umständlich einen Antrag durch die Blume, und dann stoßen Sie den armen kleinen Oswald in den See, damit Sie ihn retten und mir damit imponieren können.»

Ich brachte es fertig, immerhin so viel Wasser aus meiner Kehle herauszuhusten, daß ich in der Lage war, diesen furchterregenden Eindruck zu korrigieren.

«Nein! Nein!»

«Er hat gesagt, daß Sie ihn stießen, und ich habe es selbst gesehen. Aber ich bin nicht verärgert, Bertie. Ich finde das sehr süß. Doch ich glaube, es ist jetzt höchste Zeit, daß ich Sie unter meine Fittiche nehme. Sie brauchen gewiß jemanden, der sich um Sie kümmert. Sie haben zu viele Filme gesehen. Als nächstes hätten Sie wahrscheinlich das Haus angezündet, um mich aus dem Feuer zu retten.» Sie musterte mich mit der Miene einer zufriedenen Eigentümerin. «Ich glaube», sagte sie, «ich kann aus Ihnen etwas machen, Bertie. Es ist wahr, bis jetzt haben Sie Ihr Leben nur vergeudet, aber Sie sind noch jung, und in Ihnen steckt ein guter Kern.»

«Nein, wirklich nicht, ganz bestimmt nicht.»

«Doch, doch. Man muß ihn nur ans Licht bringen. Und jetzt laufen Sie stracks ins Haus und ziehen sich um, sonst erkälten Sie sich noch.»

Und da war so ein mütterlicher Ton in ihrer Stimme, wenn Sie wissen, was ich meine,

der mir, deutlicher noch als ihre Worte, ver-
kündete, daß das Verhängnis gierig nach mir
griff.

Als ich nach dem Umziehen hinunterkam,
stand da Jung-Bingo, überaus festlich angezogen.

«Bertie!» sagte er. «Genau der Mann, den
ich sehen will. Bertie, es hat sich etwas Wun-
dervolles zugetragen.»

«Du elender Wurm!» rief ich. «Wo warst
du? Hast du denn vergessen ... ?»

«Ach, du meinst die Sache mit dem Gebüsch? Hatte ja noch keine Zeit, es dir zu erzählen. Alles abgeblasen.»

«Abgeblasen?»

«Bertie, ich war tatsächlich gerade dabei,
mich in den Büschen zu verstecken, als eine
tolle Sache passierte. Über den Rasen spa-
zierte das strahlendste, schönste Mädchen
der Welt. Es gibt keine zweite wie sie. Gibt es
nicht. Bertie, glaubst du an Liebe auf den ersten Blick? Du glaubst doch an Liebe auf den
ersten Blick, oder, Bertie, altes Haus? Ich
hatte sie kaum gesehen, da fühlte ich mich
schon von ihr angezogen wie von einem Ma-
gneten. Ich vergaß alles. Wir zwei waren
allein in einer Welt voller Musik und Sonnen-

32

schein. Ich ging zu ihr. Wir kamen ins Gespräch. Sie ist eine Miss Braythwayt, Bertie, Daphne Braythwayt. Kaum hatten sich unsere Blicke getroffen, merkte ich, daß das, was ich für Honoria Glossop empfunden hatte, nichts weiter gewesen war als eine vorübergehende Laune. Bertie, du glaubst doch auch an Liebe auf den ersten Blick, oder? Sie ist so wunderbar, so einfühlsam. Wie eine zärtliche Göttin ...»

An dieser Stelle ließ ich den Kerl stehen.

Zwei Tage später erhielt ich einen Brief von Jeeves. «Das schöne Wetter», so endete er, «hält weiter an. Ich habe höchst erquicklich im Meer gebadet.»

Ich stieß ein freudloses Lachen aus und ging hinunter, um Honoria zu treffen. Ich war mit ihr im Salon verabredet. Sie wollte mir Ruskin vorlesen.

Auftritt
Claude und Eustace

Die Bombe platzte genau um ein Uhr fünfundvierzig (Sommerzeit). Spenser, Tante Agathas Butler, bot mir gerade gebratene Kartoffeln an, und so groß war meine Erregung, daß ich sechs davon mit einem Löffel ruckartig auf den Serviertisch schleuderte. Bis ins Mark erschüttert, wenn Sie wissen, was ich meine.

Wohlgemerkt, ich war ohnehin schon geschwächt. Seit zwei Wochen war ich nun mit Honoria Glossop verlobt, und in dieser Zeit war nicht ein einziger Tag ohne eine Lektion verstrichen, die zum Ziel hatte, was Tante Agtha «mich formen» nannte. Ich mußte gewichtige Literatur lesen, bis mir die Augen überquollen. Wir waren zusammen durch Meilen von Gemäldegalerien gestiefelt. Ich war gezwungen worden, Konzerte klassischer Musik in einem Ausmaß über mich ergehen zu lassen, das Sie nicht für möglich halten würden. Alles in allem war ich also keinesfalls für Schicksalsschläge gerüstet, besonders nicht für einen Schlag wie diesen. Honoria hatte mich zum Lunch bei Tante Agatha geschleift, und ich fragte mich gerade: «Tod, wo ist dein guter alter Stachel?», als sie die Bombe zündete.

«Bertie», sagte sie unvermittelt, als wäre es ihr gerade eingefallen, «wie heißt dieser Mann da ... dein Diener?»

«Hä? Oh, Jeeves.»

«Ich glaube, er hat einen schlechten Einfluß auf dich», sagte Honoria. «Wenn wir verheiratet sind, wirst du ihn loswerden.»

An ebendieser Stelle der Konversation riß ich den Löffel hoch und schickte sechs der Knusprigsten in hohem Bogen auf den Serviertisch. Spenser tanzte hinter ihnen her wie ein würdiger alter Apportierhund.

«Jeeves loswerden?» fragte ich, nach Luft schnappend.

«Ja. Ich mag ihn nicht.»

«Ich mag ihn auch nicht», sagte Tante Agatha.

«Aber das kann ich nicht. Ich meine ... ohne Jeeves könnte ich keinen Tag allein fertig werden.»

«Das wirst du müssen», sagte Honoria. «Ich kann ihn nicht ausstehen.»

«Ich kann ihn auch nicht ausstehen», sagte Tante Agatha. «Hab ihn noch nie ausstehen können.»

Grausam, so was. Ich hatte immer schon

eine Ahnung, daß die Ehe ein ziemlicher
Reinfall wäre, aber ich hätte mir doch nie
träumen lassen, daß sie derart unmensch-
liche Opfer von einem Mann verlangt. Für
den Rest der Mahlzeit saß ich da wie betäubt.

Wenn ich mich recht erinnere, war nach
dem Lunch ein Einkaufsbummel durch die
Regent Street geplant gewesen, bei dem ich
Honoria als Packesel dienen sollte. Doch als
sie aufstand und anfangen wollte, mich und
die anderen Sachen zusammenzupacken, ge-
bot ihr Tante Agatha Einhalt.

«Geh nur schon, Liebes», sagte sie. «Ich
muß noch etwas mit Bertie besprechen.»

Honoria machte sich also auf, und Tante
Agatha zog ihren Stuhl näher heran und be-
gann ihre Rede. «Bertie», sagte sie, «die liebe
Honoria weiß nichts davon, aber im Hin-
blick auf eure Heirat hat sich eine kleine
Schwierigkeit ergeben.»

«Allmächtiger! Ist das wahr?» sagte ich.
Ein Hoffnungsschimmer glomm aus dem
Dunkel.

«Ach, es hat natürlich nichts zu bedeuten. Es ist einfach nur etwas ärgerlich. Tatsache ist, daß Sir Roderick ziemlich lästig
wird.»

«Glaubt, daß ich keine gute Partie bin?

Will alles rückgängig machen? Na, vielleicht hat er recht.»

«Ich bitte dich, Bertie, sei nicht albern. Es ist wirklich nichts Ernstes. Aber es ist wohl eine Eigenart seines Berufes, daß Sir Roderick ein wenig übervorsichtig ist.»

Ich begriff nichts. «Übervorsichtig?»

«Ja. Das ist sicher unvermeidlich. Ein Nervenspezialist mit so einer großen Praxis kann wahrscheinlich gar nicht anders, als ein verzerrtes Bild seiner Mitmenschen zu entwikkeln.»

Ich verstand jetzt, worauf sie hinauswollte. Sir Roderick Glossop, Honorias Vater, gilt immer als Nervenspezialist, weil das besser klingt, aber jedermann weiß, daß er in Wirklichkeit eine Art Hausmeister in der Irrenanstalt ist. Ich will damit sagen, wenn Ihr herzoglicher Onkel die Last des Lebens schmerzhaft spürt und sich im blauen Salon Strohhalme ins Haar steckt, dann ist der alte Glossop derjenige, nach dem sie schicken. Der schlendert herbei, mustert den Patienten von oben bis unten, redet von übererregten Nervensystemen und empfiehlt Zurückgezogenheit, Bettruhe und so. So gut wie jede vornehme Familie im Lande hat ihn irgendwann einmal gerufen, und es ist wohl anzunehmen, daß in so einer Position – ich meine, wenn man sich dauernd einem Patienten auf den Kopf setzen muß, während seine Nächsten und Liebsten schon die Anstalt anrufen, damit der Wagen gleich geschickt wird –, daß man da in der Tat im Laufe der Zeit ein leicht verzerrtes Bild seiner Mitmenschen entwickeln kann.

«Du meinst, er glaubt, ich könnte ein Irrer sein, und er will keinen irren Schwiegersohn?» fragte ich.

Tante Agatha war durchaus nicht erfreut, sondern eher verärgert über diesen Beweis meiner unfehlbaren Intelligenz.

«Natürlich denkt er nicht an so etwas Lächerliches. Wie gesagt, er ist einfach über die Maßen vorsichtig. Er möchte sich vergewissern, daß du völlig normal bist.» Hier machte sie eine Pause, denn Spenser war mit dem Kaffee hereingekommen. Als er wieder draußen war, fuhr sie fort: «Offenbar hat er irgendeine phantastische Geschichte darüber gehört, daß du seinen Sohn Oswald in den See von Ditteredge Hall gestoßen hättest. Natürlich völlig unglaubwürdig. Selbst du würdest wohl kaum so etwas fertigbringen.»

«Na ja, ich habe mich tatsächlich etwas

gegen ihn gelehnt, weißt du, und da schoß er auf einmal ins Wasser.»

«Oswald beschuldigt dich definitiv, ihn in den See gestoßen zu haben. Das hat Sir Roderick beunruhigt und ihn leider zu weiteren Nachforschungen veranlaßt, und so hat er von deinem armen Onkel Henry gehört.»

Mit tiefem Ernst sah sie mich an, und ich nahm einen ernsten Schluck Kaffee zu mir. Denn wir waren dabei, in die alte Familientruhe zu spähen, wo die schamvollen Erinnerungen an unsere Vergangenheit lagerten. Mein verstorbener Onkel Henry, müssen Sie wissen, war nämlich der Fleck auf dem Wappenschild der Woosters. Persönlich ein ungemein anständiger Bursche, der meine immerwährende Zuneigung errang, indem er mich während der Schulzeit verschwenderisch mit Kleingeld versah, machte er doch zuweilen sehr merkwürdige Sachen. Zum Beispiel hielt er sich elf Kaninchen im Schlafzimmer, und ein Purist hätte ihn wahrscheinlich für mehr oder weniger meschugge gehalten. Um ganz ehrlich zu sein, er beendete seine irdische Laufbahn in einer Art Heim, glücklich und zufrieden bis zur letzten Minute, umgeben von einer ganzen Kaninchenherde.

«Das ist natürlich absurd», fuhr Tante

Agatha fort. «Wenn jemand in der Familie das exzentrische Wesen – denn mehr war es ja nicht – vom armen Henry hätte erben müssen, dann doch Claude und Eustace, und dabei gibt es keine aufgeweckteren Jungen.»

Claude und Eustace waren Zwillinge. In meinem letzten Schuljahr waren wir zusammen auf der Schule gewesen. Wenn ich zurückschaue, dann scheint mir der Ausdruck «aufgeweckt» durchaus zutreffend. In jenem Jahr mußten sie, wenn ich mich recht erinnere, beinahe täglich aus den fürchterlichsten Keilereien herausgeholt werden.

«Und nun sieh dir an, wie gut sie in Oxford vorankommen. Deine Tante Emily bekam erst vor kurzem einen Brief von Claude, in dem er schrieb, sie hofften in Kürze in einen sehr wichtigen College-Club namens ‹Die Sucher› aufgenommen zu werden.»

«Die Sucher?» Ich konnte mich nicht an einen Club dieses Namens zu meiner Zeit in Oxford erinnern. «Was suchen die denn?»

«Das hat er nicht erwähnt. Die Wahrheit oder die Erkenntnis, könnte ich mir denken. Es ist sicher sehr wünschenswert, diesem Club anzugehören, denn Claude fügte hinzu, daß Lord Rainsby, der Sohn des Earl of Datchet, ebenfalls kandidiere. Wir irren nun aber von unserem Thema ab: Tatsache ist, daß Sir Roderick mit dir allein ein ruhiges Gespräch führen möchte. Jetzt vertraue ich auf dich, Bertie, daß du … ich will ja nicht sagen intelligent, aber doch wenigstens vernünftig sein wirst. Kichere nicht verlegen; versuche mal, den entsetzlichen glasigen Ausdruck aus deinen Augen zu verbannen; gähne nicht und rutsche nicht nervös hin und her. Denk daran, daß Sir Roderick Präsident der West-Londoner Zweigstelle der Liga gegen das Glücksspiel ist, also sprich nicht von Pferderennen. Er wird morgen um halb zwei mit dir in deiner Wohnung zu Mittag essen. Denk auch daran, daß er keinen Wein trinkt, Rauchen absolut mißbilligt und aufgrund seiner schwachen Verdauung nur einfache Kost verträgt. Biete ihm keinen Kaffee an, denn für ihn ist das die Ursache der Hälfte aller Nervenschäden in der Welt.»

«Ich würde denken, ein Hundekuchen und ein Glas Wasser wären in diesem Fall angemessen, was?»

«Bertie!»

«Schon gut. Kleiner Scherz.»

«Das ist nun genau die Art von idiotischer Bemerkung, die mit Sicherheit Sir Rodericks schlimmste Befürchtungen wachrufen würde. Bitte versuche, von solch verblendeter Frivolität Abstand zu nehmen, solange du mit ihm zusammen bist. Er ist ein sehr ernsthafter Mensch ... Gehst du schon? Also bitte denke an alles, was ich dir gesagt habe. Ich verlasse mich auf dich, und wenn etwas fehlgeht, werde ich es dir nie verzeihen.»

«Horrido», sagte ich.

Und so ging's nach Hause, einem herrlichen morgigen Tag entgegen.

Am nächsten Morgen frühstückte ich ziemlich spät und machte danach einen Spaziergang. Ich hatte das Gefühl, ich müßte mein möglichstes tun, um die alte Birne durchzulüften, und im allgemeinen pustet etwas frische Luft den Nebelschleier weg, der sich schon früh am Tag über einen Menschen senkt. Ich ging im Park spazieren und kam bis zur Hyde Park Corner, wo mir plötzlich irgendein Hanswurst zwischen die Schulterblätter hieb. Es war Jung-Eustace, mein Vetter. Sie kamen zu dritt Arm in Arm an, Eustace rechts, mein Vetter Claude links, und in ihrer Mitte hatten sie ein pausbäckiges Kerlchen mit hellblondem Haar und verlegenem Blick.

42

«Bertie, altes Haus», sagte Jung-Eustace leutselig.

«Hallo», erwiderte ich, nicht unbedingt freudig erregt.

«Stell dir vor, da treffen wir doch just den einzigen Mann in ganz London, der uns helfen kann, in unserem gewohnten Lebensstil weiter zu subsistieren. Ach übrigens, du hast die alte Köterschnauze noch nicht kennengelernt, oder? Köterschnauze, das ist mein Vetter Bertie. Lord Rainsby – Mr. Wooster. Wir waren gerade bei dir zu Hause. Tief enttäuscht, daß du nicht da warst, aber der alte Jeeves hat uns sehr gastfreundlich empfangen. Das ist ja ein Mordskerl, dein Jeeves. Halt dir den warm.»

«Was macht ihr in London?» fragte ich.

«Och, bummeln rum. Nur für einen Tag hier. Stippvisite, ganz inoffiziell. Mit dem drei Uhr zehn sausen wir zurück. Aber jetzt mal zu dem Lunch, den du uns anständigerweise spendieren wolltest: Wo soll's sein? Ritz? Savoy? Carlton? Aber wenn du Mitglied bei Ciro's oder im Embassy bist, ist es uns auch recht.»

«Ich kann euch nicht zum Lunch einladen, ich bin verabredet. Und beim Zeus», sagte ich und blickte auf meine Uhr, «ich komme schon zu spät.» Ich hielt ein Taxi an. «Tut mir leid.»

«Jetzt mal von Mann zu Mann», sagte Eustace, «leih mir einen Fünfer.»

Ich hatte keine Zeit mehr für Einwände, fischte einen Fünfer heraus und sprang ins Taxi. Es war zwanzig vor zwei, als ich in die Wohnung kam. Mit einem Satz war ich im Wohnzimmer, aber es war leer.

Jeeves schwebte herein.

«Sir Roderick ist noch nicht gekommen, Sir.»

«Prima», sagte ich. «Dachte schon, ich treffe ihn hier an, wie er alle Möbel zerschlägt. Die Lebenserfahrung lehrt mich, je weniger man einen Burschen sehen will, desto pünktlicher kommt er. Im Geiste sah ich den alten Knaben schon, wie er unruhig im Salon hin und her läuft, dauernd murmelt ‹Horch, er kömmt nicht!› und dabei mehr und mehr in Rage gerät. Alles sonst in Ordnung?»

«Ich bin gewiß, Sie werden das Gedeck sehr zufriedenstellend finden, Sir.»

«Was werden Sie uns servieren?»

«Kalte Consommé, Kotelett und eine Nachspeise. Dazu geeister Zitronensaft.»

«Nun, das dürfte ihm ja wohl nicht schaden. Lassen Sie sich in Ihrer Aufregung vor dem hohen Besuch nicht dazu hinreißen, uns Kaffee zu bringen.»

«Nein, Sir.»

«Und vermeiden Sie jeden glasigen Ausdruck Ihrer Augen, widrigenfalls finden Sie sich möglicherweise in einer Gummizelle wieder, bevor Sie sich's versehen.»

«Sehr wohl, Sir.»

Es klingelte.

«Klar zum Gefecht, Jeeves!» sagte ich. «Es geht los!»

Sir Roderick
kommt zum Lunch

Ich war natürlich schon vorher mit Sir Roderick Glossop zusammengetroffen, aber immer nur, wenn ich mich bei Honoria befand, und Honoria hat etwas an sich, was jeden anderen Menschen im selben Zimmer vergleichsweise irgendwie kleinwüchsig und unbedeutend erscheinen läßt. Bis zu diesem Moment war mir nie bewußt geworden, was für ein fürchterlicher Mensch er war. Seine struppigen Augenbrauen verliehen ihm einen stechenden Blick, dem man nicht unbedingt mit leerem Magen ausgeliefert sein will. Er war ziemlich groß, ziemlich breit und hatte einen gewaltigen Schädel ohne ein einziges Haar darauf, wodurch er noch gewaltiger wirkte und frappierende Ähnlichkeit mit der Kuppel der St. Pauls-Kathedrale gewann. Der Mann muß Hutgröße siebzig bis fünfundsiebzig gehabt haben. Das zeigt mal wieder, was einem blüht, wenn man zuläßt, daß sich das Gehirn übertrieben entwickelt.

«Horrido! Horrido! Horrido!» sagte ich und versuchte eine herzliche Note anklingen zu lassen, hatte dann jedoch plötzlich das dumme Gefühl, das sei eines jener Tabuwörter, vor denen Tante Agatha mich gewarnt hatte. Es ist schon verdammt schwierig, bei solchen Gelegenheiten die richtige Einleitung zu finden. In einer Londoner Wohnung ist man in dieser Beziehung ziemlich eingeschränkt. Ich meine, hätte ich als junger Landedelmann den Besucher auf meinem Gut begrüßt, hätte ich sagen können: «Willkommen in Meadowsweet Hall» oder etwas ähnlich Schmissiges. Aber es klingt blöd zu sagen: «Willkommen in Crichton Mansions Nummer 6 a, Berkeley Street, West.»

«Ich fürchte, ich komme etwas spät», sagte er, als wir uns setzten. «Lord Alastair Hungerford, Sohn des Duke of Ramfurline, hat mich in meinem Club noch aufgehalten. Seine Gnaden haben, wie ich erfuhr, neuerlich die Symptome gezeigt, die der Familie schon seit längerem so viel Sorge bereiten. Ich konnte mich nicht auf der Stelle verabschieden. Daher meine Verspätung, die Ihnen, wie ich hoffe, keine Ungelegenheiten bereitet hat.»

«Aber nicht doch! Der Herzog hat also 'ne Meise, was?»

«Die von Ihnen verwendete Bezeichnung im Hinblick auf das Oberhaupt der wahrscheinlich erlauchtesten Familie Englands ist nicht akkurat diejenige, die ich mir zu verwenden erlaubt hätte, aber es besteht kein Zweifel, daß Zustände zerebraler Erregung, wie Sie schon andeuteten, in nicht geringem Umfang existieren.» Er seufzt so gut es mit dem Mund voller Kotelett ging. «Ein Beruf wie der meinige ist eine große Bürde, Mr. Wooster, eine sehr große Bürde.»

«Muß wohl so sein.»

«Manches Mal bin ich fassungslos über das, was ich um mich herum sehen muß.» Er hielt unvermittelt inne und erstarrte. «Halten Sie sich eine Katze, Mr. Wooster?»

«Hä? Was? Katze? Nein, keine Katze.»

«Es drängte sich mir nämlich der deutliche Eindruck auf, als hörte ich eine Katze miauen, entweder im Zimmer oder jedenfalls in allernächster Nähe.»

«Vermutlich ein Taxi oder so was auf der Straße.»

«Ich fürchte, ich kann Ihnen nicht folgen.»

«Ich meine, Taxis kreischen, verstehen Sie? So etwa wie Katzen, irgendwie.»

«Diese Klangähnlichkeit war mir bis jetzt entgangen», sagte er überaus kühl.

«Nehmen Sie noch etwas ausgepreßten Zitronensaft», sagte ich. Das Gespräch schien jetzt ein wenig schwierig zu werden.

«Vielen Dank. Ein halbes Glas, wenn Sie erlauben.» Das Höllengebräu möbelte ihn offenbar auf, denn er fuhr in einem etwas freundlicheren Ton fort: «Ich hege eine besondere Abneigung gegen Katzen. Wo war ich stehengeblieben? Ja, richtig. Manches Mal bin ich förmlich fassungslos über das, was ich ringsherum sehen muß. Es sind nicht nur die Fälle, die ich beruflich zu betreuen habe, so schmerzlich diese auch sein mögen. Es ist das, was ich auf meinen Gängen durch London beobachten muß. Oftmals scheint es mir, als wäre die ganze Welt geistig-seelisch aus dem Gleichgewicht geraten. Heute früh zum Beispiel fand ein ganz einzigartiges und bedrückendes Vorkommnis statt, als ich von meinem Haus zum Club fuhr. Aufgrund der schönen Wetterlage ließ ich meinen Chauffeur das Verdeck des Kutschwagens öffnen; ich lehnte mich zurück, den Sonnenschein mit nicht geringem Vergnügen genießend, als unsere Fahrt aufgehalten wurde durch eine dieser Verkehrsstockungen, die in einem so verstopften Straßennetz wie dem von London unausweichlich sind.»

Vermutlich hatte ich meine Gedanken etwas abschweifen lassen, denn als er eine Pause machte und an seinem Zitronensaft nippte, hatte ich den Eindruck, ich hörte einen Vortrag, und es würde nun eine Reaktion von mir erwartet.

«Hört, hört!» sagte ich.

«Wie bitte?»

«Nichts, nichts. Sie sagten gerade …»

«Die Fahrzeuge, die in entgegengesetzter Richtung fuhren, hatten gleichfalls vorübergehend halten müssen, doch sie durften nach einer kleinen Weile weiterfahren. Ich war in eine Meditation versunken, als plötzlich etwas Außergewöhnliches geschah. Mein Hut wurde mir heftig vom Kopf gerissen! Als ich mich umschaute, gewahrte ich, wie er aus einem Taxi heraus in einer Art erregten Triumphes hin und her geschwenkt wurde, und während ich noch Ausschau hielt, verschwand das Taxi durch eine Lücke im Verkehrsgewühl und ward nicht mehr gesehen.»

Ich lachte nicht, spürte jedoch deutlich, wie sich infolge der mühsamen Beherrschung ein paar meiner fliegenden Rippen von ihren Anlegestellen lösten.

«War sicher nur als Ulk gedacht», sagte ich, «was?»

Diese Deutung schien dem alten Knaben zu mißfallen.

«Ich würde doch meinen», sagte er, «daß ich der Fähigkeit, das humoristische Element zu würdigen, nicht ermangele. Doch muß ich gestehen, es fällt mir durchaus schwer, an dieser Ausschreitung irgend etwas auch nur annähernd Amüsantes zu entdecken. Die Tat war jenseits aller Zweifel die eines geistig gestörten Subjektes. Diese krankhaften Veränderungen im Mentalapparat können sich in allen möglichen Formen äußern. Der Duke of Ramfurline, den ich gerade eben Anlaß fand zu erwähnen, steht unter dem Eindruck – dies natürlich ganz vertraulich –, er sei ein Kanarienvogel. Sein heutiger unerwarteter

50

Anfall, welcher Lord Alastair derart in Schrecken versetzte, beruhte auf der Nachlässigkeit eines gedankenlosen Lakaien, der vergessen hatte, ihm sein gewohntes morgendliches Stück Zucker zu bringen. Hinwiederum sind Fälle häufig, in denen Männer Frauen auflauern, um ihnen Haarbüschel abzuschneiden. Meines Erachtens war es eine Variante dieser letzteren Form des Irreseins, unter der mein Angreifer litt. Ich will nur hoffen, daß er bald unter fachkundige Aufsicht gestellt wird, bevor er ... Mr. Wooster, da ist doch eine Katze in der Nähe! Mitnichten auf der Straße! Das Miauen scheint aus dem Nebenzimmer zu kommen.»

Diesmal mußte ich zugeben, daß darüber kein Zweifel möglich war. Deutliches Miauen drang aus dem angrenzenden Zimmer. Ich schlug auf die Klingel, und Jeeves glitt herein, mit der Miene respektvoller Dienstwilligkeit an der Tür verharrend.

«Sir?»

«Oh, Jeeves», sagte ich. «Katzen! Was ist mit Katzen? Gibt's Katzen bei uns in der Wohnung?»

«Nur die drei in Ihrem Schlafzimmer, Sir.»

«Was?»

«Katzen im Schlafzimmer!» hörte ich Sir

Roderick schaudernd wispern. Sein Blick traf mich mittschiffs wie ein Kugelhagel.

«Wie meinen Sie das», sagte ich, «nur die drei in meinem Schlafzimmer?»

«Das schwarze, das getigerte und das kleine zitronenfarbene Tier, Sir.»

«Wie in aller Welt ...»

Ich stürzte um den Tisch herum in Richtung Tür. Unglücklicherweise hatte Sir Roderick ebenfalls beschlossen, sich in diese Richtung zu stürzen, so daß wir im Türrahmen heftig zusammenprallten und gemeinsam auf den Flur taumelten. Geschickt löste er sich aus der Umklammerung und schnappte sich einen Regenschirm aus dem Ständer.

«Zurück!» brüllte er und schwang den Schirm kreisförmig über seinem Kopf. «Zurück, Sir! Ich bin bewaffnet.»

Nun schien es mir an der Zeit, ein paar beruhigende Töne einfließen zu lassen. «Bedaure unendlich, daß ich Sie beinahe überrannt habe. Lag wirklich nicht in meiner Absicht, nicht um alles in der Welt. Wollte nur schnell mal nach dem Rechten sehen.»

Er schien sich ein wenig zu beruhigen und ließ den Schirm sinken. Doch nun erhob sich ein unbeschreiblicher Tumult im Schlafzim-

52

mer. Es klang, als wären alle Katzen Londons, unterstützt von Delegierten sämtlicher Vororte, hier zusammengekommen, um ihre Meinungsunterschiede ein für allemal aus der Welt zu schaffen. Es war eine Art verstärktes Katzen-Orchester.

«Dieser Lärm ist unerträglich», brüllte Sir Roderick. «Ich kann mein eigenes Wort nicht mehr verstehen.»

«Ich kann mir denken, Sir», sagte Jeeves respektvoll, «daß die Tiere möglicherweise deshalb etwas ausgelassen sind, weil sie den Fisch unter Mr. Woosters Bett entdeckten.»

Der alte Knabe schwankte ein wenig.

«Fisch! Hab ich Sie recht verstanden?»

«Sir?»

«Sagten Sie eben, daß sich ein Fisch unter Mr. Woosters Bett befand?»

«Ja, Sir.»

Sir Roderick ließ ein tiefes Ächzen hören und griff nach Hut und Stock.

«Sie gehen doch nicht schon?» fragte ich.

«Doch, Mr. Wooster, ich gehe! Ich ziehe es vor, meine freie Zeit in weniger exzentrischer Gesellschaft zu verbringen.»

«Aber ich bitte Sie. Ich werde Sie begleiten. Ich bin sicher, die ganze Sache kann aufgeklärt werden. Jeeves, meinen Hut!»

Jeeves eilte an meine Seite. Ich nahm den Hut, den er mir reichte, und schob ihn mir auf den Kopf.

«Lieber Himmel!»

Es war ein fürchterlicher Schock! Das verrückte Ding schien mich richtiggehend zu verschlingen, wenn Sie wissen, was ich meine. Schon als ich den Zylinder aufsetzte, hatte ich so ein komisches Gefühl, als wäre er innen ziemlich geräumig. Kaum ließ ich die Krempe los, als er tief über meine Ohren herabglitt wie eine Art Putzeimer. «Halt! Dies ist nicht mein Hut!»

«Es ist mein Hut!» sagte Sir Roderick mit der eisigsten, garstigsten Stimme, die ich je gehört habe. «Der Hut, der mir heute gestohlen wurde, als ich in meinem Kutschwagen fuhr.»

«Aber ...»

Ich vermute, Napoleon oder jemand in dieser Größenordnung wäre der Situation gewachsen gewesen, doch muß ich leider feststellen, daß sie mir über den Kopf wuchs. Ich verharrte glotzend in einer Art Koma, als der alte Knabe mir den Hut vom Kopf nahm und sich an Jeeves wandte.

«Ich würde mich freuen, guter Mann», sagte er, «wenn Sie mich eine kleine Strecke die Straße hinunter begleiten könnten. Ich möchte Ihnen ein paar Fragen stellen.»

«Sehr wohl, Sir.»

«Aber, hören Sie doch mal …!» begann ich, doch er ließ mich stehen. Er stolzierte hinaus, und Jeeves folgte ihm. In diesem Moment ging der Krawall im Schlafzimmer wieder los, lauter denn je zuvor.

Allmählich hatte ich das alles gründlich satt. Ich meine, Katzen im Schlafzimmer … das geht einem doch über die Hutschnur. Ich wußte nun wirklich nicht, wie sie hereingekommen waren, aber ich war wild entschlossen, dafür zu sorgen, daß sie ihre Picknick-Party nicht länger fortsetzten. Ich riß die Tür weit auf. Wie in einer blitzartigen Vision erschienen mir etwa hundertfünfzehn Katzen aller Größen und Färbungen, die in der Mitte des Zimmers in eine Rauferei verwickelt waren, und dann schossen sie alle wie ein Sturmtrupp an mir vorbei und durch die Eingangstür hinaus. Das einzige Zeugnis des ganzen Aufruhrs war der Kopf eines kolossalen Fisches auf dem Teppich, der mich ziemlich streng anstarrte, als verlangte er von mir eine schriftliche Entschuldigung.

Irgend etwas im Ausdruck dieses Totenkopfs jagte mir eisige Schauer über den Rükken, so daß ich mich auf Zehenspitzen zurückzog und die Tür schloß. Während ich das tat, stieß ich mit jemandem zusammen. «Verzeihung!» sagte dieser Jemand.

Ich fuhr herum. Es war der Lord Soundso mit dem rosigen Gesicht, der Knabe, den ich mit Claude und Eustace getroffen hatte.

«Hören Sie mal», sagte er entschuldigend, «tut mir irrsinnig leid, Sie zu belästigen, aber das waren doch nicht etwa meine Katzen, die mir gerade begegnet sind, als ich die Treppe runterging, oder? Sahen genau wie meine Katzen aus.»

«Die kamen aus meinem Schlafzimmer.»

«Dann waren es also doch meine Katzen», sagte er traurig. «Verflixte Kiste!»

«Haben Sie mir die Katzen ins Schlafzimmer gebracht?»

«Ihr Diener, wie heißt er noch? Der hat's gemacht. Hat gesagt, sie könnten da bleiben, bis mein Zug geht. Ich wollte sie gerade abholen. Und jetzt sind sie weg. Na ja, nichts zu machen. Dann nehme ich mir wenigstens den Hut und den Fisch mit.»

Langsam wurde mir der Kerl unsympathisch.

«Haben Sie etwa auch den blöden Fisch angebracht?»

«Nein, der gehört Eustace. Der Hut ist von Claude.»

Ermattet ließ ich mich in den Sessel fallen.

«Sagen Sie, Sie könnten das nicht zufällig erklären?» fragte ich. Der Junge schaute mich leicht verwundert an.

«Wie denn? Sie wissen nichts davon? Na so was!» Er verfärbte sich tiefrot. «Also, wenn Sie nichts davon wußten, dann würd's mich nicht wundern, wenn Ihnen die ganze Sache ziemlich verrückt vorkommt.»

«Verrückt ist das Wort.»

«Es war für ‹Die Sucher›, wissen Sie?»

«Die Sucher?»

«Eigentlich ein Adels-Club in Oxford, wissen Sie, und Ihre Vettern und ich, wir wollen rasend gern rein. Man muß was klauen, wissen Sie, um gewählt zu werden. Irgendein Souvenir, wissen Sie. Einen Polizeihelm, wissen Sie, oder einen Türklopfer oder so was, wissen Sie. Der Raum wird dann beim jährlichen Dinner mit diesen Sachen dekoriert, und jeder hält eine Rede und so weiter. Ist ganz fidel. Also, wir wollten was Besonderes machen und ganz groß rauskommen, wenn Sie verstehen, und da fuhren wir nach London, um zu sehen, ob wir nicht was finden, was ein bißchen aus dem Rahmen fällt. Und wir hatten gleich zu Anfang schon phänomenales Glück. Ihr Vetter Claude brachte es fertig, sich einen sehr anständigen Zylinder aus einem vorbeifahrenden Kutschwagen zu schnappen, und Ihr Vetter Eustace machte sich mit einem richtig schönen Lachs oder so was von Harrods aus dem Staub, und ich fing mir drei prächtige Kätzchen ein, und das alles in der ersten Stunde. Ich kann Ihnen sagen, wir waren außer Rand und Band. Die Frage war nur, wo wir die Dinger parken sollten, bis unser Zug ging. Das fällt doch wahnsinnig auf, wissen Sie, in London rumzulaufen mit einem Fisch und einem Haufen Katzen. Aber Eustace hat sich an Sie erinnert, und da sind wir alle mit dem Taxi hergefahren. Sie waren nicht da, aber Ihr Diener meinte, das ginge schon in Ordnung. Als wir Ihnen dann begegnet sind, waren Sie in solcher Eile, daß wir keine Zeit hatten, Ihnen alles zu erklären. Nun, dann nehme ich wohl den Hut, wenn Sie nichts dagegen haben.»

«Der ist weg.»

«Weg?»

«Der Bursche, dem ihr den Hut geklaut habt, war zufällig der Mann, den ich zum Lunch hier hatte. Er hat ihn wieder mitgenommen.»

«Na so was! Der arme alte Claude wird außer sich sein. Wie steht's denn dann mit dem schönen Lachs oder was das war?»

«Möchten Sie vielleicht die Überreste sehen?»

Er reagierte bestürzt, als er die Verwüstung sah. «Möchte bezweifeln, daß das Komitee das akzeptiert», sagte er traurig. «Ist ja nicht viel davon übrig, was?»

«Die Katzen haben den Rest gefressen.»

Er seufzte tief. «Keine Katzen, kein Fisch, kein Hut. Alle Mühe umsonst. Das ist hart. Und zu allem . . . . sagen Sie mal, es ist mir ja unangenehm, Sie zu fragen, aber könnten Sie mir vielleicht einen Zehner leihen?»

«Einen Zehner? Wofür?»

«Na ja, Tatsache ist, ich muß noch zur Polizei, um Claude und Eustace auf Kaution rauszuholen. Sie sind nämlich verhaftet worden.»

«Verhaftet?»

«Ja. Sehen Sie, in all der freudigen Aufregung, daß wir uns den Hut und den Lachs oder was das war schnappen konnten und uns dann noch ein Festessen gegönnt haben, da wurden sie ein bißchen übermütig, die armen Kerle, und haben versucht, einen Lastwagen zu klauen. Ist natürlich dämlich, ich weiß nicht, wie sie das Ding nach Oxford bringen und dann dem Komitee zeigen wollten. Aber sie ließen nicht mit sich reden, und als der Fahrer anfing, Krach zu schlagen, da gab's einen kleinen Tumult, und jetzt schmachten Claude und Eustace in der Vine-Street-Polizei-Station, bis ich rumkomme und sie gegen Kaution raushole. Also wenn Sie so gut sein könnten ... O danke, das ist wirklich anständig von Ihnen. Wär doch schlimm gewesen, die beiden da sitzenzulassen, was? Ich meine, das sind so prima Kerle, wissen Sie. Jeder hat sie gern. Ungeheuer beliebt in der Schulmannschaft.»

«Das glaub ich Ihnen aufs Wort», sagte ich.

Als Jeeves zurückkam, stand ich schon auf der Matte. Zeit für ein offenes Wort mit diesem Kerl.

«Nun?» sagte ich.

«Sir Roderick stellte mir einige Fragen, Sir, Ihre Gewohnheiten und Ihre Lebensweise betreffend, auf welche ich behutsam Antwort gab.»

«Das interessiert mich nicht. Was ich wissen will, ist, warum Sie ihm nicht die ganze Sache von Anfang an erklärt haben. Ein Wort von Ihnen hätte alles klargestellt.»

60

«Ja, Sir.»

«Und jetzt denkt er wohl, ich bin nicht ganz richtig im Kopf.»

«Aufgrund der Unterhaltung mit ihm würde es mich nicht überraschen, Sir, wenn ihm tatsächlich ein solcher Gedanke gekommen wäre.»

Ich wollte gerade darauf antworten, als das Telefon läutete. Jeeves hob ab.

«Nein, Madam, Mr. Wooster ist nicht zu Hause. Nein, Madam, ich weiß nicht, wann er zurück sein wird. Nein, Madam, er hat nichts hinterlassen. Ja, Madam, ich werde es ihm ausrichten.» Er hing ein. «Mrs. Gregson, Sir.»

Tante Agatha! Seit beim Lunch die Sicherung durchgebrannt war, hatte ihr Schatten sozusagen drohend über mir gehangen.

«Weiß sie es schon?»

«Ich vermute, daß Sir Roderick sie telefonisch unterrichtet hat, Sir, und ...»

«Keine Hochzeitsglöckchen für mich, was?»

Jeeves hüstelte.

«Mrs. Gregson hat sich mir nicht anvertraut, Sir, doch ist anzunehmen, daß in dieser Richtung einiges geschehen sein könnte. Sie schien ausgesprochen erregt, Sir.»

Kurios, aber der alte Knabe und die Katzen und der Fisch und der Zylinder und der Junge mit dem rosigen Gesicht hatten mich derart aus dem Gleis gebracht, daß ich bis zu diesem Augenblick die lichte Seite der Angelegenheit noch gar nicht wahrgenommen hatte. Heiliges Kanonenrohr, da fiel mir doch glatt ein Stein von der Größe eines Klaviers vom Herzen. Aus reiner Erleichterung heulte ich kurz auf.

«Jeeves», sagte ich, «ich glaube, Sie haben die Sache in die Wege geleitet.»

«Sir?»

«Ich glaube, Sie hatten diese ganze vertrackte Situation von Anfang an unter Kontrolle.»

«Nun, Sir, Spenser, der Butler Mrs. Gregsons, der zufällig und unabsichtlich einiges von Ihrem Gespräch mitbekam, als Sie dort den Lunch einnahmen, erwähnte in der Tat einige Einzelheiten mir gegenüber, und ich gestehe Ihnen, wiewohl sich das vielleicht etwas unschicklich anhören mag, daß ich doch die Hoffnung hegte, es könnte letztlich noch einiges geschehen, was eine Heirat möglicherweise verhindern würde. Ich möchte bezweifeln, daß die junge Dame ihrem Wesen nach zu Ihnen gepaßt hätte, Sir.»

«Und sie hätte Sie fünf Minuten nach der Eheschließung an den Ohren hinausbefördert.»

«Ja, Sir. Spenser informierte mich darüber, daß sie derartige Absichten geäußert hatte. Mrs. Gregson wünscht Ihren sofortigen Rückruf, Sir.»

«Ach ja? Was raten Sie, Jeeves?»

«Ich glaube, eine Auslandsreise könnte sich als erquicklich erweisen, Sir.»

Ich schüttelte den Kopf. «Sie würde mir sofort nachkommen.»

«Nicht, wenn Sie genügend Boden gewinnen, Sir. Es gibt sehr komfortable Schiffe, die jeden Mittwoch und Samstag nach New York gehen.»

«Jeeves», sagte ich, «Sie haben recht wie immer. Besorgen Sie die Fahrkarten.»

Das Empfehlungsschreiben

Wissen Sie, je länger ich lebe, um so deutlicher wird mir eines: die Hälfte allen Unheils in dieser verrückten Welt rührt daher, daß irgendein gedankenloser Kerl ganz unbekümmert Empfehlungsschreiben zu Papier bringt und sie einem zweiten Kerl überläßt, der sie seinerseits wieder weitergibt an einen dritten. Das ist eine von diesen Sachen, die einen wünschen lassen, man lebte in der Steinzeit. Ich meine, wenn damals nämlich ein Kerl einem anderen ein Empfehlungsschreiben mitgeben wollte, dann brauchte er mindestens einen Monat, um es in einen mannshohen Stein zu hauen. Die Wahrscheinlichkeit spricht dafür, daß auch dem zweiten Kerl alsbald die Lust vergangen wäre, sein Schreiben dauernd in der heißen Sonne rumzuschleppen, und nach der ersten Meile hätte er es einfach fallen gelassen.

Heutzutage hingegen ist es so einfach, Empfehlungsschreiben aufzusetzen, daß jeder es tut, ohne sich groß was dabei zu denken, mit dem Ergebnis, daß ein Unschuldslamm wie ich in ernste Schwierigkeiten gerät.

Bedenken Sie bitte, das Obige ist in etwa, was Sie einen Extrakt meiner reifen Erfahrung nennen können. Ich stehe nicht an zuzugeben, daß ich sozusagen in der ersten Aufwallung, als Jeeves mir mitteilte – etwa drei Wochen nach unserer Landung in Amerika –, ein Mensch namens Cyril Bassington-Bassington sei angekommen, und ich entdeckte, daß er mir ein Empfehlungsschreiben von Tante

Agatha brachte ... Wo war ich stehengeblieben? Ach so, also, ich stehe nicht an zuzugeben, sagte ich, daß ich anfangs ziemlich bockig reagierte. Verstehen Sie, nach den schmerzlichen Ereignissen, die in meiner Abfahrt aus England gipfelten, konnte ich nicht damit rechnen, irgendeinen Brief von Tante Agatha zu erhalten, der die Zensur passiert hätte. Doch welch angenehme Überraschung, den Brief zu öffnen und den Inhalt nahezu gesittet zu finden. Teilweise etwas kühl vielleicht, doch im ganzen annehmbar höflich. Das erschien mir wie ein hoffnungsvolles Zeichen. So eine Art Ölzweig, wissen Sie. Oder war das eine Orangenblüte ...? Jedenfalls schien mir die Tatsache, daß Tante Agatha mir schrieb, ohne mich zu beschimpfen, ein Schritt in die richtige Richtung, in Richtung Frieden. Ich war durchaus für Frieden, und zwar so schnell wie möglich.

Kein Wort gegen New York. Nein, nein. Ich schätze diese Stadt, und meine Tage dort waren mit vielen Freuden gespickt. Dennoch bleibt die Tatsache bestehen, daß einer, der sein Leben lang an London gewöhnt ist, an fernen Gestaden ein gewisses Heimweh verspürt, und ich wollte gern wieder in meine lauschige alte Wohnung in der Berkeley

65

Street zurück, was allerdings erst möglich schien, wenn Tante Agatha sich abgeregt hatte und über die Episode mit den Glossops hinweggekommen war. Ich weiß, London ist eine Stadt von passabler Größe, aber glauben Sie mir, bei weitem nicht groß genug, um zusammen mit Tante Agatha darin zu weilen, wenn sie mit ihrem alten Hackebeil hinter einem her ist. Und deshalb fühle ich mich zu der Feststellung gedrängt, daß ich diesen Hampelmann Bassington-Bassington, als er angekommen war, mehr oder weniger als eine Art Friedenstaube betrachtete und auf der Stelle für ihn eingenommen war.

Zeitgenössischen Berichten zufolge muß er eines Morgens um Viertel vor acht an Land gehüpft sein, da dies die schaudervolle Morgenstunde ist, in der man in New York vom Dampfer gejagt wird. Jeeves gab ihm einen respektvoll garnierten Korb und riet ihm, es drei Stunden später noch einmal zu versuchen, weil dann eine gute Chance bestehe, daß ich schon aus dem Bett gesprungen wäre, einen frohen Schrei auf den Lippen, um den neuen Tag zu begrüßen und so. Das war nun wieder sehr anständig von Jeeves, denn zufällig gab es in diesen Tagen eine kleine Entfremdung zwischen uns, einen Hauch von Kälte, mit anderen Worten: einen kaum wahrnehmbaren Krach, ausgelöst von einem Paar ziemlich teurer purpurfarbener Socken, die ich unter Mißachtung seiner Wünsche trug. Ein Mann geringeren Formats hätte sicher die Gelegenheit ergriffen, mich seinen Groll spüren zu lassen, indem er Cyril just dann auf mein Schlafzimmer losgelassen hätte, als ich noch nicht einmal fähig gewesen wäre, mich zwei Minuten lang mit meinem besten Freund zu unterhalten. Bevor ich nämlich meinen Morgentee bekommen habe und ein Weilchen ungestört über das Leben nachgrübeln konnte, bin ich für fröhliches Geplauder nicht zu gebrauchen.

So entließ Jeeves also den guten Cyril in die frische Morgenluft und setzte mich erst in Kenntnis von der Existenz des jungen Herrn, als er die Visitenkarte zusammen mit dem Tee hereinbrachte.

«Was hat das wohl zu bedeuten, Jeeves?» fragte ich und bedachte die Sache glasigen Blicks.

«Wie ich höre, ist der Herr aus England gekommen, Sir. Er war schon zu einer früheren Stunde hier.»

«Grundgütiger Himmel, Jeeves! Wollen

Sie damit sagen, daß der Tag noch früher angefangen hat?»

«Er äußerte den Wunsch, ich möge Ihnen ausrichten, er werde später abermals vorsprechen, Sir.»

«Ich habe nie von ihm gehört. Haben Sie jemals von ihm gehört, Jeeves?»

«Der Name Bassington-Bassington ist mir bekannt, Sir. Es bestehen drei Zweige der Bassington-Bassington-Familie: die Bassington-Bassingtons aus Shropshire, die Bassington-Bassingtons aus Hampshire und die Bassington-Bassingtons aus Kent.»

«Anscheinend hat England einen reichhaltigen Vorrat an Bassington-Bassingtons.»

«In der Tat, Sir.»

«Plötzliche Verknappung ist nicht zu befürchten, was?»

«Vermutlich nicht, Sir.»

«Und was ist das nun für ein Exemplar?»

«Das vermag ich nach so kurzer Begegnung nicht zu sagen, Sir.»

«Geben Sie mal ein sportliches Urteil ab, Jeeves. Könnten Sie darauf wetten, nach dem, was Sie von dem Burschen gesehen haben, daß er kein Widerling, Auswurf und so weiter ist?»

«Nein, Sir. Auf solche freimütigen Urteile würde ich nicht wagen, mich einzulassen.»

«Wußt ich's doch. Jetzt müssen wir noch herauskriegen, was für eine Art von Widerling er ist.»

«Kommt Zeit, kommt Rat, Sir. Der Herr hat einen Brief für Sie mitgebracht, Sir.»

«Ach ja?» sagte ich und griff nach der Nachricht. Da erkannte ich die Handschrift. «Hören Sie, Jeeves, der kommt von meiner Tante Agatha.»

«Tatsächlich, Sir?»

«Tun Sie das nicht so leichthin ab. Verstehen Sie nicht, was das bedeutet? Sie schreibt, sie wünsche, daß ich mich um diesen Auswurf kümmere, solange er in New York ist. Beim Zeus, Jeeves, wenn ich ein bißchen um ihn herumscharwenzele, damit er einen positiven Bericht ans Hauptquartier schickt, dann komme ich vielleicht doch noch rechtzeitig zum Rennen im Goodwood Park. Jetzt ist die Zeit für alle treuen Männer, zur Fahne zu eilen. Wir müssen zusammenstehen, Jeeves, und den Kerl aufs üppigste verhätscheln.»

«Ja, Sir.»

«Er bleibt ja nicht lange in New York», sagte ich, als ich nochmals in den Brief schaute. «Sein Ziel ist Washington. Klopft wahrscheinlich die Nabobs da ab, bevor er sich in den Diplomatischen Dienst stürzt. Möchte sagen, mit einem Lunch und ein paar Dinners können wir sicher die Wertschätzung und Sympathie dieses Knaben gewinnen.»

«Ich glaube, das sollte zureichend sein, Sir.»

«Das ist das hübscheste Ereignis, seit wir England verlassen haben. Mir scheint, die Sonne bricht wieder durch die Wolken.»

«Keineswegs ausgeschlossen, Sir.»

Er fing an, meine Sachen herauszulegen, worauf ein unbehagliches Schweigen entstand.

«Nicht diese Socken, Jeeves», sagte ich, schluckte zwar ein bißchen, versuchte aber, beiläufig und gleichgültig zu klingen. «Nehmen Sie die purpurfarbenen.»

«Ich bitte um Verzeihung, Sir?»

«Diese munteren purpurfarbenen Socken.»

«Sehr wohl, Sir.»

Er zog sie aus der Schublade, wie ein Vegetarier, der eine Raupe aus dem Salat fischt. Er war unverkennbar verstört. Verflixt peinlich das, aber der Mensch muß sich hie und da auch einmal durchsetzen können. Unbedingt.

Ich erwartete, daß Cyril irgendwann nach dem Frühstück auftauchen würde, doch er tauchte nicht auf. Gegen ein Uhr machte ich mich zum Lambs Club auf, wo ich mit einem gewissen Caffyn verabredet war, mit dem ich mich nach meiner Ankunft in New York angefreundet hatte. George Caffyn war ein Bursche, der Stücke schrieb und was sonst nicht noch alles. Während meines Aufenthalts gewann ich viele Freunde, denn New York quoll über von nonchalanten jungen Leuten, die einer wie der andere die Hand ausstreckten, um einen Fremdling in ihrer Mitte willkommen zu heißen.

Caffyn verspätete sich etwas, erschien aber schließlich und entschuldigte sich damit, daß er durch eine Probe seines neuen Musicals «Ask Dad» aufgehalten worden sei. Wir fingen mit dem Lunch an. Als wir gerade beim Kaffee waren, erschien der Ober mit der Nachricht, Jeeves wünsche mich zu sehen.

Jeeves hielt sich im Wartezimmer auf. Als ich eintrat, warf er einen schmerzlichen Blick auf meine Socken, riß sich aber dann davon los.

«Mr. Bassington-Bassington hat gerade angerufen, Sir.»

«Ach?»

«Ja, Sir.»

«Wo ist er?»

«Im Gefängnis, Sir.»

Ich taumelte gegen die Tapete. Das war ja eine famose Geschichte – ausgerechnet Tante Agathas Schützling gleich an seinem ersten Morgen unter meinen Fittichen im Gefängnis.

«Im Gefängnis!»

«Ja, Sir. Er sagte mir am Telefon, er sei verhaftet worden und würde es begrüßen, wenn Sie hinkämen und ihn auslösten.»

«Verhaftet aus welchem Grund?»

«Hinsichtlich dieser Frage hat er mich nicht mit seinem Vertrauen beehrt, Sir.»

«Etwas stark, wie, Jeeves?»

«Sie sagen es, Sir.»

Ich griff mir den alten George, der anständigerweise selber vorschlug mitzukommen, und wir sprangen in ein Taxi. Auf dem Polizeirevier saßen wir eine ganze Weile auf einer Holzbank in einer Art Wartezimmer herum. Schließlich erschien ein Polizist, der Cyril hereinführte.

«Halli-hallo», sagte ich. «Was?»

Es ist meine Erfahrung, daß ein Knabe, der gerade aus einer Zelle kommt, niemals besonders vorteilhaft aussieht. Als ich noch in Oxford war, hatte ich einen ganz regulären Job, nämlich einen guten Freund von mir, der es sich nie versagte, in der Regatta-Nacht geschnappt zu werden, gegen Kaution auszulösen, und jedesmal sah er aus wie etwas, was man gerade an den Wurzeln ausgegraben hatte. Cyril war in etwa der gleichen Verfassung. Er hatte ein blaues Auge und einen zerrissenen Kragen und war insgesamt nicht gerade der Gegenstand guter Nachrichten, insbesondere nicht solcher, die an Tante Agatha gehen sollten. Er war ein hochgewachsener, dürrer Bursche mit vielen hellen Haaren und bläulichen, hervortretenden Augen, die ihm das Aussehen eines Fisches der selteneren Art gaben.

«Ich habe Ihre Nachricht erhalten», sagte ich.

«Oh, dann sind Sie Bertie Wooster?»

«Absolut! Das hier ist mein Freund George Caffyn. Schreibt Stücke und so was, wissen Sie.»

Wir schüttelten uns alle die Hände, und der Polizist löste zunächst seinen Kaugummi von einer Stuhlkante ab, wo er ihn für Not-

73

zeiten deponiert hatte, und stellte sich dann in eine Ecke, wo er sinnend die Unendlichkeit betrachtete.

«Das ist ein verwahrlostes Land», sagte Cyril.

«Ach, ich weiß nicht, wissen Sie, ich weiß nicht, wenn Sie wissen, was ich meine», sagte ich.

«Wir tun unser Bestes», sagte George.

«Der alte George ist nämlich Amerikaner», erklärte ich. «Schreibt Stücke und so, verstehen Sie?»

«Ich hab dieses Land natürlich nicht erfunden», meinte George. «Das war Columbus. Aber ich würde mit Freuden alle möglichen Verbesserungen, die Sie vorschlagen, zur Kenntnis nehmen und sie den zuständigen Stellen unterbreiten.»

«Warum sind die New Yorker Polizisten zum Beispiel nicht richtig angezogen?»

George warf einen Blick auf den Kaugummi kauenden Polizisten in der Ecke. «Ich verstehe nicht, was da falsch sein sollte?»

«Ich will damit sagen, warum tragen sie keine Helme wie die Polizisten in London? Warum sehen sie aus wie Briefträger? Das ist doch eine Irreführung. Macht alles so verflixt kompliziert. Ich stand da einfach auf dem

Bürgersteig und guckte mir Sachen an, und da kam einer, der aussah wie ein Briefträger, und stieß mir seinen Prügel zwischen die Rippen. Wie komme ich dazu, mich von Briefträgern anstoßen zu lassen? Warum zum Teufel reist einer dreitausend Meilen weit hierher, bloß um sich von Briefträgern in die Rippen stoßen zu lassen?»

«Das ist eine sehr gute Frage», lobte George. «Was haben Sie gemacht?»

«Ich habe ihm einen Schubs gegeben. Ich bin ein wenig reizbar, wissen Sie. Alle Bassington-Bassingtons sind ein wenig reizbar. Darauf schlug er mir aufs Auge und schleppte mich in dieses Loch.»

«Das werde ich regeln, mein Junge», sagte ich, holte das Bündel Banknoten heraus, ging hin, um die Verhandlungen einzuleiten, und überließ Cyril und George ihrer Unterhaltung. Jedoch, ich sag es frei heraus, ich war ein wenig beunruhigt. Furchen gruben sich in die alte Stirn, und ich hatte ein ungutes Gefühl. Solange dieser Trottel in New York blieb, war ich für ihn verantwortlich, aber er machte nicht den Eindruck, als gehöre er zu jener Spezies, für die ein Mensch bei klarem Verstand gern länger als drei Minuten die Verantwortung übernehmen möchte.

Ich dachte in dieser Nacht einigermaßen angespannt über Cyril nach, als ich nach Hause gekommen war und Jeeves mir den letzten Whisky gereicht hatte. Ich wurde das Gefühl nicht los, daß Cyrils erster Besuch in Amerika möglicherweise so eine Gelegenheit war, bei der des Menschen Seele auf dem Prüfstand steht und so weiter. Ich holte Tante Agathas Empfehlungsschreiben noch einmal hervor und las es zum wiederholten Mal, aber da war überhaupt kein Zweifel möglich: Sie hatte ganz offenbar einen Narren an dem Kerl gefressen und betrachtete es als meine Lebensaufgabe, ihn, solange er hier war, vor Unheil zu bewahren. Bei alldem war ich noch kolossal dankbar, daß er eine solche Zuneigung zu George gefaßt hatte, denn der alte George ist ein eher gelassener Charakter. Nachdem ich Cyril aus seinem Verlies herausgeholt hatte, waren er und George in brüderlicher Liebe vereint davongegangen, um sich die Nachmittagsprobe von «Ask Dad» anzusehen. Ich glaube, es war sogar die Rede davon, daß sie auch gemeinsam zu Abend essen wollten. Ich fühlte mich sehr wohl in meiner Haut, solange George ein Auge auf ihn hatte.

So weit war ich in meinen Meditationen

gediehen, als Jeeves mit einem Telegramm hereinkam. Aber es war kein Telegramm, sondern ein Kabel – von Tante Agatha, und es lautete:

HAT CYRIL BASSINGTON-BASSINGTON SICH SCHON GEMELDET? UNTER ALLEN UMSTÄNDEN VERMEIDEN, DASS ER MIT THEATERKREISEN IN BERÜHRUNG KOMMT. SEHR WICHTIG! BRIEF FOLGT.

Ich las es mehrmals. «Komische Sache, das, Jeeves.»

«Ja, Sir?»

«Sehr komisch und sehr beunruhigend!»

«Haben Sie noch weitere Wünsche, Sir?»

Wenn er es natürlich darauf anlegte, unfreundlich zu sein, war nichts zu machen. Ich hatte vorgehabt, ihm das Kabel zu zeigen und ihn um Rat zu fragen. Aber wenn er sich von diesen purpurfarbenen Socken derart aus dem Gleichgewicht bringen ließ, dann konnte sich die gute alte *Noblesse oblige* der Woosters nicht so weit herablassen, den Mann noch inständig zu bitten. Auf gar keinen Fall. Also unterließ ich es.

«Nein, danke.»

«Gute Nacht, Sir.»

«Gute Nacht.»

Er entschwebte, und ich setzte mich, um alles zu überdenken. Eine halbe Stunde lang hatte ich die alte Rübe nach besten Kräften geknetet, um das Problem in den Griff zu bekommen, als es läutete. Ich öffnete die Tür, und da stand Cyril, das Gesicht fröhlich verklärt. «Ich komme mal kurz rein, wenn's recht ist», sagte er. «Muß Ihnen was Köstliches erzählen.»

Er kurvte um mich herum ins Wohnzimmer, und als ich ihm folgte, nachdem ich die Tür geschlossen hatte, fand ich ihn über Tante Agathas Kabel, das er unter leicht irrem Gekicher las. «Hätte sicher nicht reingucken dürfen, was? Sah meinen Namen und hab's unwillkürlich gelesen. Sagen Sie mal, Wooster, alter Freund meiner Jugend, das ist doch kurios. Ist's Ihnen recht, wenn ich mir einen Drink hole? Also, vielen Dank und so weiter und so fort. Ja, das ist wirklich kurios, wenn man bedenkt, was ich Ihnen gerade erzählen wollte. Der liebe alte Caffyn hat mir eine kleine Rolle in seinem Musical ‹Ask Dad› gegeben. Nur ein Röllchen, wissen Sie, aber eine schöne runde Sache. Fühle mich ungeheuer erhoben, wissen Sie.»

Er trank seinen Drink aus und fuhr fort,

wobei ihm zu entgehen schien, daß ich nicht vor Freude jaulend durchs Zimmer hüpfte.

«Also wissen Sie, ich habe schon immer zur Bühne gewollt», sagte er. «Aber mein lieber alter Herr mochte nichts davon hören. Unter keinen Umständen. Schlug mit der Faust auf den Tisch und lief dunkelrot an, wenn das Thema zur Sprache kam. Und das ist der wahre Grund, wenn Sie's wissen wollen, warum ich hergekommen bin. Ich wußte, in London hätte ich nicht die geringste Chance am Theater, da hätte mich irgendeiner bestimmt auf der Bühne gesehen und mich bei meinem Alten verpfiffen, und so hatte ich den genialen Einfall, einen Abstecher nach Washington zu machen, um mich weiterzubilden. Auf dieser Seite des Ozeans ist kein Mensch, der mir was verbietet, verstehen Sie, da kann ich direkt auf mein Ziel losgehen.»

Ich versuchte diesen Knallkopf zur Räson zu bringen. «Aber Ihr Alter wird's irgendwann erfahren.»

«Na schön. Aber dann bin ich hier längst ein Star, und dann guckt er in die Röhre.»

«Und während er in die Röhre guckt, tritt er mich in den Allerwertesten.»

«Wieso denn? Wieso denn Sie? Was haben Sie denn damit zu tun?»

«Ich hab Sie mit George Caffyn bekannt-
gemacht.»

«Das haben Sie, alter Freund, das haben
Sie. Hab ich glatt vergessen. Hätte Ihnen
schon vorher dafür danken müssen. Also, bis
dann. Wir haben morgen früh eine Probe von
‹Ask Dad›, da mache ich mich besser auf den
Weg. Ist doch komisch, daß das Ding ‹Frag
Papi› heißt, wenn das genau das ist, was ich
nicht tue. Sie verstehen den Witz? Also dann,
horrido.»

«Horrido», sagte ich traurig, und der Ha-
lunke eilte hinweg. Ich stürzte zum Telefon
und rief George Caffyn an.

«Sag mal, George, was hör ich denn da
von diesem Cyril Bassington-Bassington?»

«Ja, und was hörst du von Cyril Bassington-Bassington?»

«Er erzählt mir, du hättest ihm eine Rolle
in deinem Stück gegeben.»

«Ja, ja. Sind nur ein paar Zeilen.»

«Hör mal, ich bekomme hier siebenund-
fünfzig Kabel von zu Hause, daß ich ihn unter keinen Umständen zur Bühne gehen lassen darf.»

«Tut mir leid. Aber Cyril ist genau der
Typ, den ich für diese Rolle haben will. Er
braucht nur sich selbst zu spielen.»

«Für mich ist das ziemlich schlimm, George, altes Haus. Meine Tante Agatha schickt mir diesen Narren mit einem Empfehlungsschreiben, und ich bin für ihn verantwortlich.»

«Wird sie dich enterben?»

«Es geht nicht um Geld. Aber ... na ja, du kennst meine Tante Agatha nicht, deshalb ist es schwer, das zu erklären. Sie ist eine Art menschliche Riesenfledermaus mit blutsaugerischen Instinkten, und sie wird mir die Hölle heiß machen, wenn ich wieder in England bin. Die Sorte Frau, die dich noch vor dem Frühstück abkanzelt, verstehst du?»

«Also, dann geh nicht mehr nach England zurück. Bleib hier und werde Präsident.»

«Aber George, alter Junge ...»

«Gute Nacht!»

«Hör doch mal, George, Mann!»

«Du hast mich nicht richtig verstanden. Ich habe gute Nacht gesagt. Ihr reichen Müßiggänger braucht vielleicht keinen Schlaf, aber ich muß morgen früh munter sein. Gott segne dich!»

Es war mir, als hätte ich keinen einzigen Freund mehr auf der Welt. Ich war so aufgewühlt, daß ich an Jeeves' Tür hämmerte. So etwas mache ich ja in aller Regel nicht, aber

81

nun schien mir doch die Zeit gekommen, da sich alle wackeren Männer sozusagen um die Fahne scharen und da auch Jeeves sich um seinen jungen Herrn scharen sollte, und sei es auf Kosten seines Schönheitsschlafs.

Jeeves erschien in einem braunen Morgenrock in der Tür.

«Sir?»

«Tut mir ja furchtbar leid, Sie zu wecken, Jeeves, aber auf einmal passieren lauter scheußliche Sachen, die mich schrecklich aufregen.»

«Ich habe nicht geschlafen. Es ist meine Gewohnheit, vor dem Zubettgehen noch ein paar Seiten in einem weiterbildenden Buch zu lesen.»

«Um so besser! Ich meine, wenn Sie die alte Birne gerade kräftig trainiert haben, dann ist sie doch wahrscheinlich in Hochform, um ein paar harte Nüsse zu knacken. Jeeves, Mr. Bassington-Bassington geht zur Bühne!»

«Ach ja, Sir?»

«Ha! Das wirft Sie nicht um! Weil Sie das Problem nicht sehen. Und das besteht darin, daß seine Familie ganz energisch dagegen ist, daß er zur Bühne geht. Da wird es jede Menge Ärger geben, wenn wir ihn nicht davon abbringen. Aber das schlimmste ist, daß

meine Tante Agatha mich dafür verantwortlich machen wird.»

«Ich verstehe, Sir.»

«Also bitte! Fällt Ihnen gar nichts ein, wie
wir ihn aufhalten können?»

«Ich muß gestehen, nicht in diesem Augenblick, Sir.»

«Na, dann nehmen Sie sich der Sache mal
an!»

«Ich werde dieser Angelegenheit meine
ganze Aufmerksamkeit widmen, Sir. Gibt es
sonst noch etwas für heute?»

«Ich hoffe nicht. Mein Bedarf ist gedeckt.»

«Sehr wohl, Sir.»

Und damit verschwand er.

Genosse Bingo

Genaugenommen fing die Sache im Hyde
Park an, Höhe Marble Arch, dort, wo
schräge Vögel jeglicher Couleur sich an
Sonntagnachmittagen einfinden, auf Seifen-
kisten stellen und Reden halten. Sie werden
mich dort nicht häufig finden, aber es fügte
sich, daß ich am Sabbat nach meiner Rück-
kehr in die gute alte Metropole jemanden am

Manchester Square aufsuchen mußte. Ich machte einen kleinen Schlenker vom Weg, um nicht zu früh zu erscheinen, und so befand ich mich auf einmal mittendrin.

Da nun das Empire auch nicht mehr das ist, was es mal war, ist für mich der sonntägliche Park der Nabel von London, wenn Sie wissen, was ich meine. Will sagen: An diesem Ort erkennt der Heimkehrer aus dem Exil mit Sicherheit, daß er wieder zu Hause ist. Nach meinem, wenn Sie so wollen, Zwangsurlaub in New York muß ich gestehen, daß ich alles ziemlich gierig aufsog. Es tat mir wohl, den Knaben zuzuhören, die ihrem Redefluß freien Lauf ließen, und festzustellen, daß alles glücklich geendet hatte und Bertram wieder daheim war.

Weiter hinten zelebrierten ein paar zylinderbehütete Herren einen Missionsgottesdienst im Freien. Nicht weit von mir gab ein Atheist seine Meinung in Versen zum besten, wenngleich durch einen Wolfsrachen leicht behindert. Direkt vor mir befand sich eine Gruppe ernsthafter Denker, die ein Banner mit der Aufschrift «Herolde des roten Morgens» schwenkten. Einer der Herolde, ein bärtiges Subjekt in Schlapphut und Tweedanzug, war mitten dabei, so gepfefferte Breitseiten auf die reichen Müßiggänger abzufeuern, daß ich interessiert stehenblieb. Während ich dastand, sprach mich jemand an.

«Mr. Wooster, nehme ich an?»

Stämmiges Bürschchen. Konnte ihn zuerst nicht unterbringen. Aber dann hatte ich's. Bingo Littles Onkel, bei dem ich einmal zum Mittagessen eingeladen war, zu der Zeit, als Jung-Bingo sein Herz an die Kellnerin vom Imbißschuppen am Piccadilly verloren hatte. Kein Wunder, daß ich ihn nicht erkannt hatte. Zuletzt hatte ich ihn gesehen, wie er zum Lunch herunterkam, ein etwas salopper älterer Herr in Pantoffeln und samtenem Hausrock, während jetzt die Bezeichnung «schmuck» eine heftige Untertreibung gewesen wäre. Er bot wirklich ein glanzvolles Bild mit silbergrauem Zylinder, Cut, lavendelfarbenen Gamaschen und modisch feinkarierten Hosen. Hochelegant, der Mann.

«Oh, hallo», sagte ich. «Alles wohlauf?»

«Ich erfreue mich guter Gesundheit, danke. Und Ihnen?»

«Famos. War gerade in Amerika.»

«Ah! Wieder Lokalkolorit gesammelt für einen Ihrer ergötzlichen Romane?»

«Hä?» Es kostete mich ein paar Sekunden, bis ich begriff, was er meinte. «Aber nein»,

sagte ich. «Brauchte nur mal einen Tapeten-
wechsel. Haben Sie in letzter Zeit was von
Bingo gehört?» fragte ich hastig, bestrebt,
den alten Herrn von dem abzulenken, was
man als die literarische Seite meines Lebens
bezeichnen könnte.

«Bingo?»

«Ihr Neffe.»

«Ach, Richard? Nein, schon länger nicht
mehr. Seit meiner Heirat scheint unsere Beziehung etwas abgekühlt zu sein.»

«Oh, das tut mir leid. Dann haben Sie also
geheiratet, seit wir uns das letzte Mal sahen,
was? Und Mrs. Little geht es auch gut?»

«Meine Frau erfreut sich einer robusten
Gesundheit. Jedoch ... äh ... bitte nicht
‹Mrs. Little›. Seit unserem letzten Zusam-
mentreffen hat mir ein huldvoller Landesherr
die Ehre erwiesen, mich zum Zeichen seiner
Gunst in den ... äh ... höheren Adelsstand zu
erheben. In der letzten Veröffentlichung der
königlichen Ehrenliste werde ich als Lord
Bittlesham geführt.»

«Donnerwetter! Wirklich? Meine herz-
lichsten Glückwünsche. Genau das richtige,
um die Moral der Truppe zu stärken, was?
Lord Bittlesham? Dann sind Sie ja der Eigen-
tümer von *Ocean Breeze*?»

86

«Ja. Die Heirat hat meinen Horizont in viele Richtungen erweitert. Meine Frau interessiert sich für Pferderennen, und ich unterhalte nun einen kleinen Rennstall. Wie ich höre, nimmt *Ocean Breeze* an einem Rennen teil, das Ende des Monats in Goodwood stattfindet, auf dem Sitz des Herzogs von Richmond in Sussex.»

«Der Goodwood-Pokal. Ganz recht. Ich habe übrigens auf Ihr Pferd gesetzt.»

«Ach ja? Nun, ich hoffe, das Pferd wird Ihr Vertrauen rechtfertigen. Ich verstehe ja nicht viel von diesen Dingen, aber meine Frau sagt mir, es werde in Kennerkreisen als todsicherer Tip gehandelt.»

In diesem Augenblick bemerkte ich plötzlich, daß die Zuhörer alle sehr gespannt in unsere Richtung blickten und der bärtige Kerl auf uns deutete.

«Jawohl, seht sie euch an! Seht sie euch genau an!» brüllte er, und seine Stimme übertönte ebenso mühelos den gottlosen Wolfsrachen wie den gesamten Missionsgottesdienst. «Da seht ihr zwei typische Vertreter der Klasse, die seit Jahrhunderten die Armen unterdrückt. Müßiggänger! Arbeitsscheues Gesindel! Seht euch den großen Dünnen an, den mit dem Gesicht wie ein Automaskottchen. Hat er in seinem Leben jemals auch nur einen Tag mit ehrlicher Arbeit verbracht? Nein! Ein Herumtreiber! Ein Taugenichts! Ein Blutsauger! Und ich wette, er schuldet seinem Schneider immer noch das Geld für die Hosen.»

Mir schien, daß er da doch recht persönlich wurde, wovon ich im allgemeinen nicht viel halte. Der alte Bittlesham hingegen zeigte sich erfreut und belustigt.

«Die haben schon eine fabelhafte Rednergabe, diese Kerle», sagte er schmunzelnd. «Sehr bissig.»

«Und der Dicke!» fuhr das Kerlchen fort. «Merkt ihn euch! Wißt ihr, wer das ist? Das ist Lord Bittlesham! Einer von der schlimmsten Sorte. Was hat er jemals getan, außer vier üppige Mahlzeiten am Tag in sich reinzustopfen? Sein Gott ist sein Bauch, und dem bringt er Brandopfer dar. Wenn ihr den aufschneidet, findet ihr so viele Fressalien, daß ihr zehn Arbeiterfamilien eine Woche lang davon ernähren könnt!»

«Nicht übel formuliert, was?» sagte ich, aber der alte Knabe schien das nicht so zu sehen. Er war fuchsrot angelaufen und brodelte wie ein Kessel mit kochendem Wasser.

«Kommen Sie, Mr. Wooster», sagte er.

«Ich bin der letzte, der gegen die Redefreiheit wäre, aber ich weigere mich, mir diese vulgären Beschimpfungen weiter anzuhören.»

Wir entfernten uns mit großer Gelassenheit und Würde, während uns der Schreihals bis zum letzten Augenblick seine widerlichen Unterstellungen hinterherbrüllte. Überaus peinlich, das Ganze.

Tags darauf schaute ich im Club vorbei und fand Jung-Bingo im Rauchsalon. «Hallo, Bingo», sagte ich und schlenderte voller Bonhomie zu seiner Ecke, denn ich freute mich, den Kerl zu sehen. «Wie geht's uns denn?»

«Geht so.»

«Hab deinen Onkel gestern gesehen.»

Jung-Bingo entfaltete ein Grinsen, das sein Gesicht in zwei Hälften teilte. «Das weiß ich, du Taugenichts. Setz dich, alter Freund, und sauge mal wieder einen Schluck Blut. Wie schmeckt der Müßiggang dieser Tage?»

«Großer Gott! Du warst doch gar nicht dort!»

«Doch.»

«Ich hab dich nicht gesehen.»

«Doch. Aber vielleicht hast du mich hinter meinem Gestrüpp nicht erkannt.

«Was für ein Gestrüpp?»

«Der Bart, Junge. Der ist wirklich sein Geld wert. Spottet jeder Entdeckung. Ist natürlich etwas lästig, wenn dir die Leute dauernd ‹Biber!› nachschreien, aber das nimmt man in Kauf.»

Ich starrte ihn an. «Verstehe ich nicht.»

«Das ist eine lange Geschichte. Nimm dir mal einen Martini oder ein Gläschen Blut mit Soda, alter Vampir, dann erzähle ich dir alles. Aber bevor ich anfange, will ich erst deine ehrliche Meinung hören. Sag mir, ob du jemals ein so wunderbares Mädchen auf dem Erdenrund gesehen hast.»

Er hatte von irgendwoher ein Foto herbeigezaubert wie ein Magier ein weißes Kaninchen aus dem Zylinder und wedelte damit vor meinen Augen herum. Es glich entfernt einem Weib, dessen Gesicht jedoch lediglich aus Augen und Zähnen zu bestehen schien.

«Heiliges Kanonenrohr!» sagte ich. «Erzähl mir bloß nicht, du hast dich schon wieder verliebt.»

Das schien ihn zu verdrießen. «Was meinst du mit ‹schon wieder›?»

«Also hör mal, ich weiß das ganz genau. Seit diesem Frühling bist du mindestens in ein halbes Dutzend Mädchen verschossen gewesen, und jetzt haben wir erst Juli. Da war die

Serviererin, da war Honoria Glossop, da war ...»

«Ach, Blödsinn! Um nicht zu sagen: Quatsch! Diese Mädchen? Das waren Launen, weiter nichts. Diese Sache ist das Wahre!»

«Wo hast du sie kennengelernt?»

«Auf dem Oberdeck vom Bus. Sie heißt Charlotte Corday Rowbotham.»

«Du meine Güte!»

«Dafür kann sie nichts. Das arme Kind. Ihr Vater hat sie so taufen lassen, denn er ist Feuer und Flamme für die Revolution, und offenbar ist diese richtige Charlotte Corday immer mit einem Messer rumgerannt und hat Unterdrücker in der Badewanne erstochen, weshalb sie allen Respekt verdient. Du mußt den alten Rowbotham mal kennenlernen, Bertie. Fabelhafter Kerl. Will die ganze Bourgeoisie massakrieren, Park Lane plündern und allen Mitgliedern des Erbadels den Bauch aufschlitzen. Na, das ist doch ein Wort, was? Aber zurück zu Charlotte. Wir standen also oben im Bus, und da fing es an zu regnen. Ich bot ihr meinen Schirm an, und wir plauderten ein bißchen. Da hab ich mich in sie verliebt und mir ihre Adresse geben lassen, und ein paar Tage später hab ich mir den Bart gekauft und die Familie besucht.»

«Warum denn mit Bart?»

«Weißt du, sie hat mir auf dem Bus viel von ihrem Vater erzählt, und da merkte ich gleich, wenn ich in dieser Familie Fuß fassen wollte, mußte ich mich diesen Schreihälsen vom ‹Morgenrot› anschließen. Aber wenn ich schon im Park Reden schwingen sollte, wo jeden Augenblick Freunde und Bekannte vorbeistreichen, war es natürlich dringend angezeigt, irgendeine Form der Verkleidung zu finden. Deshalb habe ich den Bart gekauft, und beim Zeus, alter Junge, er ist mir richtiggehend ans Herz gewachsen. Wenn ich ihn abnehme, zum Beispiel um herzukommen, dann fühle ich mich absolut nackt. Und beim alten Rowbotham war er eine phänomenale Hilfe. Er hält mich für eine Art Bolschewik, der wegen der Polizei verkleidet rumlaufen muß. Du mußt den alten Rowbotham unbedingt kennenlernen, Bertie. Weißt du was? Hast du morgen nachmittag was vor?»

«Nein, nichts Bestimmtes. Warum?»

«Gut! Dann hast du uns alle miteinander zum Tee bei dir zu Hause. Ich hatte der ganzen Bande versprochen, sie nach einer Versammlung, die wir in Lambeth abhalten, ins

Lyon's Volks-Café mitzunehmen, aber das Geld kann ich mir sparen, und glaub mir, Junge, ein Penny gespart ist ein Penny verdient. Mein Onkel hat dir ja sicher gesagt, daß er geheiratet hat?»

«Ja. Er meinte auch, die Beziehung zwischen euch sei ein wenig abgekühlt.»

«Abgekühlt? Unter Null, Mann. Seit seiner Hochzeit schmeißt er sein Geld aus jedem Fenster. Aber weißt du, wo er spart? Bei mir! Diese Peerswürde hat den alten Teufel sicher einen Riesenhaufen Geld gekostet. Schon der Titel eines Baronets ist heutzutage ziemlich teuer, wie ich höre. Und dann hat er sich einen Rennstall angeschafft. Da fällt mir ein, setz deinen letzten Kragenknopf auf *Ocean Breeze* im Goodwood-Rennen. Ein todsicherer Tip.»

«Das habe ich auch vor.»

«Kann nicht verlieren. Ich will damit so viel gewinnen, daß ich Charlotte heiraten kann. Du bist doch in Goodwood dabei, oder?»

«Ziemlich sicher.»

«Wir auch. Wir haben eine Versammlung am Renntag, gleich neben dem Sattelplatz.»

«Aber sag mal, ist das nicht ein Risiko? Dein Onkel ist ganz bestimmt in Goodwood.

Und wenn er dich erkennt? Der platzt doch vor Wut, wenn er rauskriegt, daß du das warst, der ihn im Park so heruntergeputzt hat.»

«Wie in aller Welt soll er's denn rauskriegen? Benutz dein Gehirn, du Tagedieb, der du gerade den roten Brodem eines Bolschewiken einatmest. Wenn er mich gestern nicht erkannt hat, wie soll er mich denn in Goodwood erkennen? Also, vielen Dank für deine freundschaftliche Einladung für morgen nachmittag, altes Haus. Bewirte uns üppig, mein Junge, und Gottes Segen wird's dir lohnen. Übrigens, damit da keine Mißverständnisse entstehen durch das Wörtchen ‹Tee›. Nichts von deinen papierdünnen Brotscheibchen mit Butter! Wir sind wackere Esser, wir von der Revolution! Was wir brauchen, liegt in der Richtung Rührei, Gebäck, Marmelade, Schinken, Pfannkuchen und Sardinen. Um Punkt fünf sind wir da.»

«Aber hör mal, ich bin nicht sicher ...»

«Doch. Du bist ganz sicher. Du Hornochse, siehst du denn nicht, daß du eine gute Nummer haben wirst, wenn die Revolution ausbricht? Wenn du erst den alten Rowbotham Piccadilly raufrennen siehst mit einem blutigen Messer in jeder Hand, dann wirst du verdammt dankbar sein, wenn du ihn erinnern kannst, daß er einst deine Krabben zum Tee verspeist hat. Wir kommen zu viert, Charlotte, meine Wenigkeit, der Alte und Genosse Butt. Ich nehme an, der will unbedingt mitkommen.»

«Wer zum Teufel ist Genosse Butt?»

«Hast du gestern nicht den Kerl gesehen, der in unserem Grüppchen links von mir stand? So ein kleiner Verschrumpelter. Sieht aus wie ein schwindsüchtiger Schellfisch. Das ist Butt. Mein Rivale übrigens, der Teufel soll ihn holen. Er ist im Moment so halb und halb mit Charlotte verlobt. Bis ich kam, war er hier der Prinz. Er hat eine Stimme wie ein Nebelhorn, und der alte Rowbotham hält viel von ihm. Aber ich will verdammt sein, wenn ich diesen Butt nicht überrunde, ihn aussteche und auf den Abfall werfe, wo er hingehört … Na ja, ich bin nicht mehr der Mann, der ich mal war, das ist alles. Er mag ja ein lautes Organ haben, aber meine Ausdruckskraft hat er nicht. Gott sei's gedankt, daß ich mal Steuermann in meinem Regattaboot war. Aber jetzt muß ich los! Sag mal, du weißt nicht zufällig, wo ich jetzt fünfzig Pfund herbekomme?»

«Warum arbeitest du nicht?»

«Arbeiten?» fragte Jung-Bingo erstaunt. «Wer? Ich? Nein, ich muß mir da was ausdenken. Ich muß mindestens fünfzig Pfund auf *Ocean Breeze* setzen. Also bis morgen dann. Gott segne dich, altes Haus, und vergiß die Sardinen nicht!»

Keine Ahnung, wieso, aber seit unserer Schulzeit spürte ich sonderbarerweise schon immer eine gewisse Verantwortung für Jung-Bingo. Ich will damit sagen, er ist ja nicht mein Sohn – dem Himmel sei Dank! – und auch nicht mein Bruder oder so was. Er hat absolut keinerlei Ansprüche an mich, und doch bringe ich offenbar einen unmäßig großen Teil meines Lebens damit zu, mich um den Kerl zu sorgen wie eine alte Glucke und ihm aus der Patsche zu helfen. Es wird wohl ein seltener Zug von besonderer Güte in meinem Wesen sein, ich kann es mir nicht anders erklären. Jedenfalls beunruhigte mich diese neue Affäre über die Maßen. Offensichtlich scheute er keine Mühe, in eine Familie offenkundiger Irrer einzuheiraten, und wie er es fertigbringen wollte, selbst ein geistesgestörtes Eheweib ohne Einkommen zu unterhalten, blieb mir ein Rätsel. Der alte Bittlesham würde ihm mit Sicherheit das Taschengeld streichen, wenn er das tat, aber wenn man so einem Kerlchen wie Bingo das Taschengeld streicht, dann kann man ihm auch genausogut mit einem Beil auf den Scheitel hauen und die Sache gleich sauber beenden.

«Jeeves», sagte ich, zu Hause angekommen. «Ich bin sehr besorgt.»

«Sir?»

«Wegen Mr. Little. Ich will Ihnen jetzt noch nichts darüber erzählen. Aber morgen bringt er ein paar Freunde zum Tee hierher, und dann werden Sie sich selbst ein Urteil bilden können. Ich möchte, daß Sie alles genau beobachten, Jeeves, und zu einer Entscheidung gelangen.»

«Sehr wohl, Sir.»

«Was den Tee betrifft, tragen Sie Teegebäck auf.»

«Ja, Sir.»

«Und etwas Marmelade, Schinken, Pfannkuchen, Rührei und fünf oder sechs Wagenladungen Sardinen.»

«Sardinen?» fragte Jeeves schaudernd.

«Sardinen.»

Eine peinliche Pause entstand.

«Tadeln Sie mich nicht, Jeeves», sagte ich, «ich kann nichts dafür.»

«Ich verstehe, Sir.»

«Das ist alles.»

«Ja, Sir.»

Man sah es ihm an: Der Mann war in tiefes Grübeln versunken.

Es gibt offenbar, wie ich festgestellt habe, eine Lebensregel, die besagt, daß just die Dinge, vor denen einem am meisten graut, fast nie so schlimm enden, wie man es befürchtet hat. Doch Bingos Teegesellschaft war die Ausnahme von der Regel. Schon als er sich selbst einlud, ahnte ich, daß schwere Kalamitäten auf mich zukamen, und genauso war es auch. Wohl die fürchterlichste Erfahrung bei dieser Geschichte war, daß ich Jeeves zum erstenmal, seit ich ihn kannte, dem Zustand völliger Ratlosigkeit sehr nahe sah. Ich glaube, es gibt eine Schwachstelle im Panzer eines jeden Mannes, und Jung-Bingo fand die von Jeeves gleich, als er hereinfegte mit seinem braunen Bart, der ihm zwei Handbreit tief über das Kinn hing. Ich hatte vergessen, Jeeves deswegen vorzuwarnen, und der Bart traf ihn wie ein Blitz aus heiterem Himmel. Ich sah, wie sein Unterkiefer hinunterfiel und wie er sich an die Tischkante klammerte. Ich tadele ihn nicht, verstehen Sie mich wohl. Es gibt wenig Leute, die abstoßender aussehen als Bingo mit seinem Filz. Jeeves erbleichte etwas, fing sich aber sofort und war wieder der alte, doch ich merkte, daß ihn der Anblick erschüttert hatte.

Jung-Bingo war viel zu beschäftigt, die Bande vorzustellen, um etwas von Jeeves' Verwirrung zu bemerken. Es war ein Trio der ausgefallensten Art. Genosse Butt sah aus wie so etwas, was nach dem Regen aus morschen Bäumen fällt. Mottenzerfressen scheint mir das passende Wort, um den alten Rowbotham zu beschreiben. Charlotte hingegen eröffnete mir eine andere, eine furchterregende Welt. Sie sah gar nicht schlecht aus. Hätte sie auf stärkehaltige Nahrung verzichtet und etwas Gymnastik betrieben, hätte man sie sicher ganz passabel finden können. Aber es war zuviel von ihr da, sozusagen. Schwellende Kurven. Wohlgenährt, das drückt es vielleicht am besten aus. Möglicherweise hatte sie ein Herz aus Gold, aber was einem an ihr zuerst ins Auge fiel, war ein Zahn aus Gold. Ich weiß, Jung-Bingo kann sich, wenn er in Form ist, in praktisch jedes Geschöpf des anderen Geschlechts verlieben, doch dieses Mal war es mir unmöglich, eine Entschuldigung für ihn zu finden.

«Mein Freund, Mr. Wooster», sagte Bingo zum Abschluß der Zeremonie.

Der alte Rowbotham blickte erst mich an und dann in die Runde, und ich sah, daß er nicht übermäßig beeindruckt war. In meiner guten, alten Wohnung herrscht nicht gerade orientalischer Luxus, aber ich habe es verstanden, mir eine gemütliche Umgebung zu schaffen, und ich nehme an, die Verhältnisse waren nicht nach seinem Geschmack. «Mr. Wooster?» fragte Rowbotham. «Darf ich Genosse Wooster sagen?»

«Wie bitte?»

«Sind Sie in der Bewegung?»

«Na ja … äh …»

«Sehnen Sie sich nach der Revolution?»

«Also, ich weiß nicht, so richtig sehnen … also ich meine, soweit ich das alles verstehe, ist doch der springende Punkt in dem ganzen Programm, Zeitgenossen wie mich in Scharen zu massakrieren, und ich will nicht verhehlen, daß ich darauf kaum besonders erpicht bin.»

«Ich krieg ihn noch rum», sagte Bingo. «Ich ringe mit ihm. Nur noch ein paar Behandlungen, und dann hab ich ihn soweit.»

Der alte Rowbotham sah mich zweifelnd an.

«Genosse Little hat eine enorme Rhetorik», stellte er anerkennend fest.

«Ich finde, er redet wirklich prima», sagte das Mädchen, dem Bingo einen solch hingebungsvollen Blick zuwarf, daß ich zurücktaumelte. Auch der Genosse Butt erschien verstört. Er starrte auf den Teppich und murmelte etwas vom Tanz auf dem Vulkan.

«Der Tee ist serviert, Sir», sagte Jeeves.

«Tee, ha!» sagte Charlotte, die aufsprang wie ein altes Schlachtroß, wenn das Hornsignal ertönt, und wir machten uns über den Teetisch her.

Es ist doch seltsam, wie man sich im Laufe der Jahre verändert. Ich weiß noch, wie ich auf der Schule meine Seele für Rührei mit Sardinen um fünf Uhr nachmittags verkauft hätte. Doch seit ich das reifere Mannesalter erreicht habe, bin ich dieser Gewohnheit irgendwie entfremdet worden. Ich muß zugeben, ich war einigermaßen entgeistert über die Art und Weise, wie die Söhne und Töchter der Revolution mit gesenkten Köpfen über die Zehrung herfielen. Selbst Genosse Butt entledigte sich seines umflorten Blicks für ein Weilchen und versank mit allen Fasern in Rührei, nur in Intervallen auftauchend, um das Ganze mit einer weiteren

Tasse Tee hinunterzuspülen. Bald war das heiße Wasser verbraucht, und ich wandte mich an Jeeves.

«Noch heißes Wasser?»

«Sehr wohl, Sir.»

«He! Was soll das? Was soll denn das?» Der alte Rowbotham stellte seine Tasse ab und beäugte uns streng. Er tippte Jeeves auf die Schulter. «Keine Unterwürfigkeit, mein Junge. Keine Kriecherei hier!»

«Ich bitte um Verzeihung, Sir?»

«Nenn mich nicht Sir. Nenn mich Genosse. Weißt du, was du bist, mein Junge? Du bist das überholte Relikt eines zusammengebrochenen Feudalsystems.»

«Sehr wohl, Sir.»

«Also, wenn's da was gibt, was mich vor Wut platzen läßt ...»

«Nimm dir noch ein Sardinchen», warf Jung-Bingo ein, das erste vernünftige Wort von ihm, seit ich ihn kenne. Der alte Rowbotham nahm sich drei und ließ das Thema fallen. Jeeves glitt hinaus. An seinem Rücken sah ich, wie ihm zumute war.

Schließlich, als ich schon dachte, diese Party würde niemals enden, war auf einmal alles vorbei. Ich wachte auf und stellte fest, daß die Gäste sich zum Aufbruch rüsteten.

Die Sardinen und drei Liter Tee hatten den alten Rowbotham milde gestimmt. In seinem Blick lag tatsächlich so etwas wie Wohlwollen, als er mir die Hand schüttelte.

«Muß dir danken für deine Gastfreundschaft, Genosse Wooster», sagte er.

«Aber nicht doch! Freue mich sehr, daß ...»

«Gastfreundschaft?» schnaubte der Kerl Butt in einem Ton, der mein Ohr traf wie eine explodierende Wasserbombe. In einer ausgesprochen grämlichen Art und Weise starrte er auf Jung-Bingo und das Mädchen, die am Fenster zusammen kicherten. «Kann mich nur wundern, daß das Fressen in eurem Mund nicht zu Asche geworden ist. Eier! Gebäck! Sardinen! Alles den blutenden Lippen der hungernden Armen abgerungen!»

«Na hören Sie mal! Was für ein entsetzlicher Gedanke!»

«Ich schicke dir noch Schriften aus dem Themenkreis unserer Sache», sagte der alte Rowbotham. «Ich hoffe, wir sehen dich bald auf einer unserer kleinen Versammlungen.»

Jeeves kam herein, um aufzuräumen, und fand mich inmitten der Ruinen. Das war ja

alles schön und gut, daß Genosse Butt die
Nahrungsmittel verunglimpfte, aber mit dem
Schinken war er ordentlich fertig geworden.
Wenn man den Rest der Marmelade zwi-
schen die blutenden Lippen der hungernden
Armen geschoben hätte, wären dieselben
kaum klebrig geworden.

«Nun, Jeeves», sagte ich, «was halten Sie
davon?»

«Ich ziehe es vor, mir in diesem Fall eine
Meinung zu versagen, Sir.»

«Jeeves, Mr. Little ist in dieses Weib verliebt.»

«Das habe ich vermutet, Sir. Sie hat ihn im
Korridor geohrfeigt.»

Ich faßte mir an die Stirn. «Geohrfeigt?»

«Ja, Sir. Kraftvoll.»

«Großer Gott! Ich wußte nicht, daß es
schon so weit gekommen ist. Und wie hat Genosse Butt es aufgenommen? Oder hat er es
vielleicht nicht gesehen?»

«Doch, Sir. Er beobachtete den gesamten
Ablauf. Er schien mir von extremer Eifer-
sucht besessen.»

«Kann ich verstehen. Jeeves, was sollen
wir tun?»

«Das vermag ich nicht zu sagen, Sir.»

«Etwas stark, wie?»

«Ganz recht, Sir.»

Und das war der ganze Trost, den ich von Jeeves erfuhr.

Jeeves setzt die grauen Zellen in Gang

«Morgen, Jeeves», sagte ich.

«Guten Morgen, Sir», sagte Jeeves.

Er stellte die gute alte Tasse Tee sanft auf dem Tischchen neben meinem Bett ab, und ich nahm einen stärkenden Schluck zu mir. Genau richtig, wie üblich. Nicht zu heiß, nicht zu süß, nicht zu schwach, nicht zu stark, nicht zuviel Milch und kein Tröpfchen auf der Untertasse. Erstaunlicher Bursche, dieser Jeeves. Verflixt tüchtig in jeder Hinsicht. Muß es immer wieder sagen. Nehmen wir nur ein kleines Beispiel. Sämtliche meiner früheren Diener pflegten morgens in mein Schlafzimmer zu platzen, während ich noch schlief, was Anlaß zu mancherlei Mißmut gab. Aber Jeeves scheint irgendwie auf telepathischem Wege Kenntnis von meinem Erwachen zu erlangen. Ich schlage die Augen auf, und genau zwei Minuten später schwebt er mit der Tasse Tee herein. Macht einen kolossalen Unterschied im Leben eines Mannes.

«Wie ist das Wetter, Jeeves?»

«Ungewöhnlich mild, Sir.»

«Was Neues in der Zeitung?»

«Leichte Spannungen auf dem Balkan, Sir. Sonst nichts Erwähnenswertes.»

«Hören Sie, Jeeves, gestern abend im Club riet mir jemand, mein letztes Hemd heute nachmittag beim Zwei-Uhr-Rennen auf Privateer zu setzen.»

«Das würde ich Ihnen nicht empfehlen, Sir. Dieser Rennstall verheißt nichts Gutes.»

Das genügte mir. Jeeves weiß Bescheid. Woher, kann ich nicht sagen; er weiß es eben. Es hatte eine Zeit gegeben, da ich seinen Rat mit leichtem Lachen abgetan, den eigenen Kopf durchgesetzt und meinen kleinen Einsatz verspielt hätte. Diese Zeit war lange vorbei.

«A propos Hemden», sagte ich. «Sind diese malvenfarbenen, die ich bestellt habe, schon angekommen?»

«Ja, Sir. Ich habe sie zurückgehen lassen.»

«Zurückgehen lassen?»

«Ja, Sir. Sie würden Ihnen nicht stehen.»

Also ich muß schon sagen, ich hatte eine

106

recht hohe Meinung von diesen Hemden gehabt, doch ich beugte mich überlegenem Wissen. Schwach? Mag sein. Die meisten Leute sind vermutlich der Überzeugung, Diener sollten sich auf ihren Dienst beschränken, Hosen bügeln oder so, und sich nicht in die Haushaltsführung einmischen. Aber mit Jeeves ist das etwas anderes. Schon vom ersten Tag an, als er bei mir anfing, habe ich ihn als Ratgeber, Philosophen und Freund betrachtet.

«Mr. Little hat vor ein paar Minuten angerufen, Sir. Ich ließ ihn wissen, daß Sie noch nicht erwacht seien.»

«Hat er eine Nachricht hinterlassen?»

«Nein, Sir. Er erwähnte lediglich, er habe eine Angelegenheit von hoher Wichtigkeit zu besprechen, vertraute mir jedoch keine Einzelheiten an.»

«Nun ja. Ich denke, ich werde ihn später im Club sehen.»

«Zweifellos, Sir.»

Ich war in diesem Augenblick nicht das, was Sie vielleicht als Ausbund fieberhafter Erwartung bezeichnen würden. Bingo Little ist ein alter Schulfreund von mir, und wir sehen uns immer noch häufig. Er ist der Neffe des alten Mortimer Little, der sich vor kurzem mit einem ansehnlichen Haufen Geld aus dem Geschäft zurückgezogen hat. (Sie kennen ja Littles Lotion – «läßt die Muskeln locker laufen».) Bingo schlägt sich in London mit Hilfe eines bekömmlichen Taschengeldes durch, das ihm sein Onkel gibt, und führt im großen und ganzen ein ziemlich unbewölktes Leben. Es war nicht sehr wahrscheinlich, daß irgendeine Angelegenheit, die ihm wichtig erschien, in der Tat so überaus wichtig sein sollte. Ich nahm an, er habe eine neue Zigarettenmarke entdeckt, die ich probieren sollte, oder dergleichen, und ließ mir mein Frühstück unbekümmert schmecken. Danach zündete ich mir eine Zigarette an und ging ans Fenster, um den Tag zu inspizieren. Es war tatsächlich einer der strahlendsten Tage seit langem.

«Jeeves», sagte ich.

«Sir?» sagte Jeeves. Er war dabei, den Frühstückstisch abzuräumen, hielt jedoch beim Klang der Stimme seines jungen Herrn höflich inne.

«Sie hatten recht mit dem Wetter. Ein herrlicher Morgen.»

«Ganz entschieden, Sir.»

«Frühling und so.»

«Ja, Sir.»

«Vom Eise befreit sind Strom und Bäche durch des Frühlings holden belebenden Blick ...»

«Das entspricht auch meiner Kenntnis, Sir.»

«Wohlan denn, bringen Sie mir meinen Bambusstock, meine allergelbsten Schuhe und den guten alten grünen Homburg. Ich gehe in den Park, ein Hirtentänzchen machen.»

Ich weiß nicht, ob Sie auch diese Gefühle kennen, die einen gegen Ende April und Anfang Mai beschleichen, wenn der Himmel, mit kleinen Baumwollwölkchen besetzt, hellblau schimmert und von Westen eine milde Brise weht. Ein erhebendes Gefühl. Romantisch, wenn Sie wissen, was ich meine. Ich bin kein großer Frauenheld, aber an diesem bestimmten Morgen wünschte ich mir wirklich, ein reizendes Mädchen würde anschwirren und mich bitten, sie vor Schurken, Mordgesellen und dergleichen zu retten, deshalb war die Enttäuschung um so größer, als ich bloß Jung-Bingo Little traf, der mit einer knallroten Seidenkrawatte mit Hufeisenmuster absolut widerlich aussah.

«Hallo, Bertie», sagte Bingo.

«Großer Gott! Mann!» röchelte ich. «Die

Krawatte! Der Halsschmuck eines Gentleman! Warum? Aus welchem Grund?»

«Ach, die Krawatte?» Er errötete. «Ich … ich habe sie geschenkt bekommen.»

Er schien sehr verlegen, also hielt ich meinen Mund. Wir schlenderten ein wenig umher und setzten uns dann auf Stühle an der Serpentine im Hyde Park.

«Jeeves sagte mir, du wolltest mich sprechen?»

«Äh?» Bingo fuhr erschrocken auf. «Ach ja. Ja. Ja.»

Ich wartete darauf, daß er das Thema des Tages endlich vom Stapel ließ, aber anscheinend hatte er keine Lust dazu. Die Unterhaltung versandete. Mit glasigen Augen starrte er geradeaus.

«Sag mal, Bertie», begann er nach einer ungefähr eineinviertelstündigen Pause.

«Oh, hallo!»

«Gefällt dir der Name Mabel?»

«Nein.»

«Nein?»

«Nein.»

«Du hörst keine Musik in diesem Namen, etwa wie Wind, der sanft durch die Baumkronen streicht?»

«Nein.»

Einen Moment lang schien er enttäuscht, faßte dann jedoch neuen Mut. «Natürlich nicht. Du warst schon immer ein schafsköpfiger Wurm ohne Seele, stimmt's?»

«Wie du meinst. Wer ist sie? Erzähl mir alles.»

Mittlerweile war mir klargeworden, daß es den armen alten Bingo mal wieder erwischt hatte. Seit ich ihn kenne – und wir waren schon zusammen auf der Schule –, verliebt er sich immer von neuem in irgend jemanden, meistens im Frühling, der offenbar eine geradezu magische Wirkung auf ihn ausübt. In der Schule hatte er unter allen Zeitgenossen die wohl reichhaltigste Sammlung von Fotos schöner Schauspielerinnen, und in Oxford waren seine romantischen Neigungen nachgerade sprichwörtlich.

Er schaute auf die Uhr. «Am besten kommst du mit und lernst sie beim Lunch kennen», sagte er.

«Ein reeller Vorschlag», sagte ich. «Wo trefft ihr euch? Im Ritz?»

«Beim Ritz.»

Geographisch traf die Angabe zu. Etwa fünfzig Meter östlich vom Ritz befindet sich einer dieser elenden Imbißschuppen, die über ganz London verstreut sind, und in diesen hier, ich übertreibe keineswegs, stürzte Jung-Bingo hinein wie ein heimkehrendes Kaninchen in seinen Bau. Bevor ich auch nur ein Wort sagen konnte, saßen wir eingekeilt hinter einem Tisch am Ufer einer stillen Kaffeepfütze, die ein frühstückender Vorgänger uns hinterlassen hatte.

Ich muß gestehen, ich konnte der Entwicklung des Szenarios nicht ganz folgen. Bingo schwimmt zwar nicht geradezu im Geld, hat aber immer genügend flüssig. Abgesehen von der Zuteilung seines Onkels, hatte er auch, wie ich wußte, bei den letzten Pferderennen auf der richtigen Seite der Kasse gestanden. Warum also wollte er sich mit dem Mädchen in diesem gottverlassenen Futtertrog treffen? Jedenfalls nicht, weil er abgebrannt war.

Da kam die Serviererin. Recht hübsches Mädchen.

«Wollen wir nicht lieber warten, bis ...» fing ich an, weil es mir doch etwas schäbig schien, ein Mädchen nicht nur zum Lunch in ein solches Lokal zu laden, sondern sich auch noch auf die Fressalien zu stürzen, bevor sie da war. Doch in diesem Moment sah ich sein Gesicht und schwieg.

Dem Knaben fielen die Augen aus dem

Kopf. Seine gesamte Visage war hellrot ver-
färbt. Er sah aus wie «Der Seele Erwachen»,
in rosa gemalt.

«Hallo, Mabel», sagte er und schluckte
dabei.

«Hallo», sagte sie.

«Mabel», sagte Bingo, «das ist Bertie
Wooster, ein Freund von mir.»

«Angenehm», sagte sie. «Schöner Morgen.»

«Fabelhaft», sagte ich.

«Du siehst, ich trage die Krawatte», sagte
Bingo.

«Steht dir schick», sagte sie.

Wenn mir persönlich jemand gesagt hätte,
eine derartige Krawatte stehe mir gut, hätte
ich mich erhoben und ihm ohne Ansehen von
Alter und Geschlecht eins auf die Nase ge-
hauen. Der arme Bingo hingegen war ganz
berauscht vor Freude und lächelte in schau-
derhafter Dümmlichkeit.

«Na, was darf's denn heute sein?» fragte
die Serviererin und lenkte das Gespräch in
eine geschäftsmäßigere Richtung.

Bingo studierte die Speisekarte mit In-
brunst.

«Ich nehme eine Tasse Kakao, kalte Kalbs-
pastete mit Schinken, ein Stück Obstkuchen

und eine Makrone. Das gleiche für dich, Bertie?»

Ich starrte den Mann entrüstet an. Daß dieser Mensch seit Jahren mein guter Freund gewesen war und mich dennoch für fähig hielt, meinen Pansen mit solchem Zeug zu traktieren, traf mich mitten ins Herz.

«Oder wie wär's mit einem Steak-Pudding und einer Limo, um's runterzuspülen?»

Also, wissen Sie, wie die Liebe einen Menschen verändern kann, das ist schon grausig anzusehen. Dieser Knabe hier, der so absolut unbekümmert von Makronen und Limo sprach, den hatte ich in glücklicheren Tagen gesehen, als er dem Oberkellner im *Claridge* genauestens erläuterte, wie er die *Sole frite au gourmet aux Champignons* zubereitet haben wollte. Wenn sie nicht akkurat so auf den Tisch komme, fügte er hinzu, werde er sie dem Koch mit Vergnügen um die Ohren schlagen. Fürchterlich! Fürchterlich!

Ein Brötchen mit Butter und eine Tasse Kaffee waren offenbar die einzigen Posten auf der Karte, die nicht von den bösartigsten Mitgliedern der Familie Borgia für ihre Intimfeinde zubereitet worden waren. Folglich entschied ich mich für eine Kombination aus beiden, und Mabel entschwand.

«Na?» fragte Bingo verzückt.

Ich schloß daraus, daß er meine Meinung über die soeben abgetauchte Giftmischerin hören wollte.

«Sehr nett», sagte ich.

Das schien ihn keineswegs zu befriedigen. «Meinst du nicht, sie ist das wunderbarste Mädchen, das du je gesehen hast?» fragte er.

«Aber unbedingt!» sagte ich, um den Kerl zu besänftigen. «Wo hast du sie kennengelernt?»

«In einem Tanzclub in Camberwell.»

«Wie in aller Welt kommst du in einen Tanzclub in Camberwell?»

«Dein Diener Jeeves hat mich gefragt, ob ich nicht ein paar Karten kaufen wollte. War irgendein Wohltätigkeitsball.»

«Jeeves? Wußte gar nicht, daß der für solche Sachen was übrig hat.»

«Na ja, er möchte sicher auch mal hie und da ein wenig ausspannen. Jedenfalls war er dabei und schwang das Tanzbein, daß du nur so gestaunt hättest. Ich wollte erst gar nicht gehen, aber dann hab ich's doch gemacht, aus Jux. O Bertie, denk doch nur mal, was mir entgangen wäre!»

«Was wäre dir denn entgangen?» fragte ich, die Birne leicht benebelt.

«Mabel, du Hornochse. Wenn ich nicht hingegangen wäre, hätte ich Mabel niemals kennengelernt.»

«Oh! Ah!»

In diesem Augenblick fiel Bingo in eine Art Trance, aus der er erst wieder auftauchte, um sich die Pastete und die Makrone einzuverleiben.

«Bertie», sagte er, «ich brauche deinen Rat.»

«Schieß los.»

«Das heißt, eigentlich, nicht deinen Rat, denn der hilft sowieso keinem Menschen. Ich meine, du bist doch ein richtiges ausgewachsenes Mondkalb. Stimmt's? Ich will dir natürlich nicht auf den Schlips treten, ist doch klar.»

«Vollkommen klar.»

«Was ich von dir will, ist, daß du die Geschichte deinem Jeeves unterbreitest und mal hörst, was er vorschlägt. Du hast mir so oft gesagt, daß er schon zahllosen Freunden von dir aus der Patsche geholfen hat. Nach allem, was du mir so erzählst, ist er doch gewissermaßen das Gehirn in der Familie.»

«Er hat mich noch nie enttäuscht.»

«Dann leg ihm meinen Fall vor.»

«Was für einen Fall?»

«Mein Problem.»

«Was für ein Problem?»

«Alter Esel, meinen Onkel natürlich. Was meinst du wohl, was mein Onkel zu alledem sagt? Wenn ich ihm das auf die kalte Tour beibringe, dann verbeißt er sich noch in den Kaminvorleger.»

«Verstehe. Neigt also zu Gefühlsausbrüchen, dein Onkel.»

«Jedenfalls muß er geistig schon vorbereitet sein, bevor er die Neuigkeit hört. Die Frage ist nur: wie?»

«Ah!»

«Das ist wirklich kolossal hilfreich, dein ‹Ah!›. Du weißt ja, ich bin von dem alten Knaben ziemlich abhängig. Wenn er mein Taschengeld streicht, sitz ich in der Klemme. Also, du legst deinem Jeeves die ganze Kiste vor, mal sehen, vielleicht denkt er sich einen glücklichen Schluß aus. Sag ihm, meine Zukunft liegt in seinen Händen, und wenn die Hochzeitsglocken erst mal läuten, kann er sich auf mich verlassen und auf die Hälfte meines Königreichs. Na ja, sagen wir mal, auf zehn Pfund. Jeeves strengt sich doch an, wenn zehn Pfund am Horizont winken, oder?»

«Zweifellos», sagte ich.

Es überraschte mich überhaupt nicht, daß Bingo Jeeves in seine privaten Angelegenheiten hineinziehen wollte. Das wäre auch mein erster Gedanke gewesen, hätte ich mich in den guten alten Nesseln wiedergefunden. Wie ich schon mehrfach beobachten konnte, ist er ein Träger des ausgereiftesten Intellekts und birst geradezu vor Ideen. Wenn jemand dem armen Bingo aus der Patsche helfen konnte, dann er.

Ich trug ihm am selben Abend nach dem Dinner den Fall vor. «Jeeves.»

«Sir?»

«Haben Sie gerade zu tun?»

«Nein, Sir.»

«Ich meine, Sie haben nichts Besonderes vor?»

«Nein, Sir. Es ist meine Gewohnheit, zu dieser Zeit ein weiterführendes Buch zu lesen, doch wenn Sie meiner Dienste bedürfen, kann dieses Vorhaben ohne weiteres aufgeschoben oder sogar ganz aufgegeben werden.»

«Also, ich brauche Ihren Rat. Es geht um Mr. Little.»

«Den jungen Mr. Little, Sir, oder den älteren Mr. Little, seinen Onkel, der in Pounceby Gardens wohnt?»

Jeeves weiß offenbar alles. Erstaunlich, wirklich erstaunlich. Jetzt war ich mein ganzes Leben lang mit Bingo befreundet gewesen und konnte mich doch nicht erinnern, daß er jemals erwähnt hätte, wo sein Onkel wohnt.

«Woher wußten Sie, daß er in Pounceby Gardens wohnt?» fragte ich.

«Es besteht eine recht gute Beziehung zwischen mir und der Köchin des älteren Mr. Little, Sir. Ich möchte sagen, es besteht sogar ein sehr herzliches Einvernehmen.»

Ich muß zugeben, das raubte mir vorübergehend die Fassung. Es wäre mir nie in den Sinn gekommen, daß Jeeves diesbezügliche Interessen hegen könnte. «Wollen Sie damit sagen, Sie sind verlobt?»

«So könnte man es ausdrücken, Sir.»

«Na so was. Na so was.»

«Sie ist eine ungewöhnlich begabte Köchin, Sir», sagte Jeeves, als fühlte er sich zu einer Erklärung gedrängt. «Und was war es, was Sie mich hinsichtlich Mr. Little fragen wollten, Sir?»

Ich weihte ihn in die unerfreulichen Details ein. «So steht es nun, Jeeves», schloß ich. «Ich denke, wir sollten jetzt dem armen alten Bingo den Rücken stärken und ihm helfen, die Sache durchzuziehen. Erzählen Sie mir etwas über den alten Mr. Little. Was ist das für ein Charakter?»

«Ein recht kurioses Individuum, Sir. Seit sich Mr. Little aus dem Geschäft zurückgezogen hat, ist er zum Einsiedler geworden und widmet sich nunmehr fast ausschließlich den Freuden der Tafel.»

«Ein verfressener Prasser, was?»

«Ich würde mir vielleicht nicht die Freiheit nehmen, ihn mit ebendiesen Worten zu beschreiben, Sir. Er ist das, was man gemeinhin einen Gourmet nennt. Was das Essen anlangt, ist er sehr eigen, und aus diesem Grunde weiß er Miss Watsons Dienste außerordentlich zu schätzen.»

«Das ist die Köchin?»

«Ja, Sir.»

«Also dann sieht es doch so aus, als wäre es das beste, Jung-Bingo eines Abends nach dem Dinner auf ihn loszulassen. Weiche Stimmung, leicht gerührt und so. Sie wissen schon!»

«Die Schwierigkeit ist hierbei, Sir, daß just zu diesem Zeitpunkt Mr. Little sich einer strengen Diät unterwirft, veranlaßt durch einen Gichtanfall.»

«Das macht den schönen Plan wieder zuschanden.»

«Nein, Sir. Ich denke, daß man das Ungemach des älteren Mr. Little zugunsten des jüngeren Mr. Little nutzen kann. Erst kürzlich sprach ich mit Mr. Littles Diener, und er erzählte mir, seine Haupttätigkeit bestehe neuerdings darin, Mr. Little am Abend vorzulesen. Wenn ich an Ihrer Stelle wäre, Sir, würde ich den jungen Mr. Little zu seinem Onkel schicken, damit er ihm vorlesen kann.»

«Der treue Neffe, meinen Sie? Alter Mann, durch Familiensinn zu Tränen gerührt, was?»

«Das auch, Sir. Doch noch mehr würde ich auf die spezielle Auswahl der Literatur von seiten des jungen Mr. Little bauen.»

«Zwecklos. Der gute Bingo hat ein nettes Gesicht, aber was Literatur angeht, macht er bei der *Sporting Times* halt.»

«Dieses Problem kann überwunden werden. Ich würde mich glücklich schätzen, Lesestoff für Mr. Little auszusuchen. Aber vielleicht könnte ich meine Idee noch ein wenig ausführlicher erläutern?»

«Nur zu. Ich kann nämlich noch nicht ganz folgen.»

«Die Methode, die ich vorschlagen möchte, nennt man, wenn ich recht informiert bin, in Werbekreisen ‹Suggestion durch Wiederholung›. Sie besteht darin, daß durch dauernde Wiederholung Vertrauen in eine Aussage geschaffen wird. Möglicherweise haben Sie selbst schon Erfahrungen mit diesem System gesammelt?»

«Sie meinen, diese Leute erzählen einem so lange immer wieder, die oder die Seife sei die beste, bis man nach einer Weile aufspringt, um die Ecke stürmt und sich ein Stück kauft?»

«Genau, Sir. Auf dem gleichen Prinzip beruhten große Teile der wirkungsvollsten Propaganda im letzten Krieg. Ich sehe keinen Grund, warum dieses Prinzip nicht auch angewendet werden könnte, um in entsprechender Form auf die Ansichten der Zielperson hinsichtlich gewisser Klassenunterschiede einzuwirken. Wenn nun der junge Mr. Little Tag um Tag seinem Onkel eine Reihe von Geschichten vorliest, in denen eine Heirat mit einer jüngeren Person von minderem sozialen Status nicht nur als möglich, sondern auch als bewundernswert dargestellt wird, würde das, meine ich, im Bewußtsein des älteren Mr. Little die Empfänglichkeit für die Nachricht steigern, daß sein Neffe eine Kellnerin in einem Imbiß zu ehelichen wünscht.»

«Ja, gibt es denn heutzutage noch Bücher

dieser Art? Was ich in den Zeitungen erwähnt finde, handelt von Ehepaaren, die das
Leben eintönig finden und einander absolut
nicht ausstehen können.»

«Ja, Sir, es gibt eine ganze Reihe dieser Bücher. Sie werden kaum besprochen, aber viel
gelesen. Haben Sie noch nie von ‹Alles für die
Liebe› von Rosie M. Banks gehört?»

«Nein.»

«Sie kennen auch nicht ‹Die glutrote Rose
des Sommers› von der nämlichen Autorin?»

«Nein.»

«Ich habe eine Tante, Sir, die einen kom-
pletten Satz der Bücher von Rosie M. Banks
ihr eigen nennt. Ich könnte mir von ihr ohne
weiteres so viele Bücher ausleihen, wie der
junge Mr. Little zur Ausführung des Plans
benötigen würde. Es handelt sich um eine
eingängige und leichte Lektüre.»

«Lassen wir es auf einen Versuch ankom-
men.»

«Ich möchte Ihnen dieses Vorgehen auf
das nachdrücklichste empfehlen, Sir.»

«Na schön. Machen Sie morgen mal einen
Abstecher zu Ihrer Tante, und schnappen Sie
sich ein paar der saftigsten Schwarten. Wir
müssen es einfach wagen.»

«Ganz recht, Sir.»

50 JAHRE ROWOHLT ROTATIONS ROMANE

50 Taschenbücher im Jubiläumsformat
Einmalige Ausgabe

Paul Auster, *Szenen aus «Smoke»*
Simone de Beauvoir, *Aus Gesprächen mit Jean-Paul Sartre*
Wolfgang Borchert, *Liebe blaue graue Nacht*
Richard Brautigan, *Wir lernen uns kennen*
Harold Brodkey, *Der verschwenderische Träumer*
Albert Camus, *Licht und Schatten*
Truman Capote, *Landkarten in Prosa*
John Cheever, *O Jugend, o Schönheit*
Roald Dahl, *Der Weltmeister*
Karlheinz Deschner, *Bissige Aphorismen*
Colin Dexter, *Phantasie und Wirklichkeit*
Joan Didion, *Wo die Küsse niemals enden*
Hannah Green, *Kinder der Freude*
Václav Havel, *Von welcher Zukunft ich träume*
Stephen Hawking, *Ist alles vorherbestimmt?*
Elke Heidenreich, *Dein Max*
Ernest Hemingway, *Indianerlager*
James Herriot, *Sieben Katzengeschichten*
Rolf Hochhuth, *Resignation oder Die Geschichte einer Ehe*
Klugmann/Mathews, *Kleinkrieg*
D. H. Lawrence, *Die blauen Mokassins*
Kathy Lette, *Der Desperado-Komplex*
Klaus Mann, *Der Vater lacht*
Dacia Maraini, *Ehetagebuch*
Armistead Maupin, *So fing alles an ...*
Henry Miller, *Der Engel ist mein Wasserzeichen*

50 JAHRE ROWOHLT ROTATIONS ROMANE

Nancy Mitford, *Böse Gedanken einer englischen Lady*
Toni Morrison, *Vom Schatten schwärmen*
Milena Moser, *Mörderische Erzählungen*
Herta Müller, *Drückender Tango*
Robert Musil, *Die Amsel*
Vladimir Nabokov, *Eine russische Schönheit*
Dorothy Parker, *Dämmerung vor dem Feuerwerk*
Rosamunde Pilcher, *Liebe im Spiel*
Gero von Randow, *Der hundertste Affe*
Ruth Rendell, *Wölfchen*
Philip Roth, *Grün hinter den Ohren*
Peter Rühmkorf, *Gedichte*
Oliver Sacks, *Der letzte Hippie*
Jean-Paul Sartre, *Intimität*
Dorothy L. Sayers, *Eine trinkfeste Frage
des guten Geschmacks*
Isaac B. Singer, *Die kleinen Schuhmacher*
Maj Sjöwall/Per Wahlöö, *Lang, lang ist's her*
Tilman Spengler, *Chinesische Reisebilder*
James Thurber, *Über das Familienleben der Hunde*
Kurt Tucholsky, *So verschieden ist es
im menschlichen Leben*
John Updike, *Dein Liebhaber hat eben angerufen*
Alice Walker, *Blicke vom Tigerrücken*
Janwillem van de Wetering, *Leider war es Mord*
P. G. Wodehouse, *Geschichten von Jeeves und Wooster*

Programmänderungen vorbehalten

P. G. WODEHOUSE

Der unvergleichliche Jeeves
Roman
rororo 13611

Weiter so, Jeeves
Roman
rororo 13612